サムデイ
警視庁公安第五課

福田和代

幻冬舎文庫

サムデイ　警視庁公安第五課

――西暦二〇XX年。

世相の悪化による凶悪犯罪の多発と組織化、及び犯罪者が所有する武器・兵器の多様化に伴い、日本国政府は警備業法第十七条（護身用具）の大幅な見直しを行い、改正警備業法が制定された。

世に言う、スーパー・ガード法の施行である。

＊

警備業法第十七条（護身用具）

治安維持、防犯、警護等の目的で使用する護身用具は、相手が持ちうる武器・兵器の程度を飛躍的に超えるものでない限りにおいて、その上限を設けない。

1

ランディングギアが、どすんと羽田空港の滑走路に接地し、機体がトランポリンのように跳《は》ねた。

舌を嚙《か》みそうになった客が、口々に怨嗟《えんさ》の声を上げる。ゆるゆるとターミナルまでタキシングする航空機の中で、気の早い乗客らがそそくさと荷物をまとめ、降機の準備を始めた。午後八時前、太陽はとうに沈み、滑走路を照らす照明や、ターミナル、ランドカーのライトが、空港を夜の中に浮かび上がらせている。

ベルト着用のサインが消え、彼は吐息とともに立ち上がった。

隣の席のおとなしそうな青年は、まだ窓の外にじっと視線をやっている。大連周水子国際空港から羽田直行の三時間弱、会話はなかったが、機内食のサービス時に穏やかな低い声を聞いた。

長く伸ばした艶のある黒髪を、後ろでひとつに束ねていて、声を聞くまで女性と間違えていたほど、整った顔立ちだった。機内では携帯端末のオペロンを使って、ひとり静かに何か読んでいたようだ。

「お先に」

声をかけるとこちらを見て微笑《ほほえ》み、軽く会釈を返してくれた。

なんとなく心を残しつつ、先に通路に出た彼は、背後で青年がオペロンに話しかける声を聞いた。誰かと会話している。

「そうだ、僕だ。いま日本に戻ったよ、フラッシュ」

その口調が、王国に帰り着いた王子のように毅然《きぜん》としていた。つい振り返ってしまったのは、磁石のように周囲を惹きつける魅力を、青年の声が持っていたからだろうか。

青年の口元には、あわあわとした微笑が浮かんでいた。

＊

大股に歩いていくと、天井に隠されたカメラが瞬時に顔を認識し、自動ドアが開いた。

『コンニチハ。モガミサン』

男性とも女性ともつかぬ合成音声が、やわらかく挨拶をする。「よう」と短く返し、最上《もがみ》光一《こういち》は警察庁の玄関をくぐった。

『ヨウコソ。カジサン』

「こんにちは」

後ろからついてきた〈ロック〉こと梶博也《かじひろや》も、やはり返事している。

「相手がコンピュータだとわかっていても、挨拶されるとつい返事をしてしまうのはなぜなんだろうな」

最上がぼやくと、梶が初々しい声で笑った。

すれ違うスーツ姿の男性が、妙な表情を浮かべて彼らを瞥見《べっけん》し通り過ぎた。

──まあ、無理もない。

警察の本丸に、民間企業の警備員が制服姿でずかずかと乗り込んできたわけだ。奇妙なものを見た気分になるだろう。

最上は最上で、警察庁の顔認識システムに彼らの顔がすでに登録されていたことに、内心、驚いていた。なんとも素早い対応だ。以前、警察庁に来た時には、こんなシステムはなかった。明らかに、レベルアップしている。

ロビーのエレベーターに乗り込む。奥の壁は鏡張りで、最上たちはそれを利用し身だしなみを正した。濃紺のジャケットとスラックス、革のワークブーツ。ジャケットの左袖には、黒い鷹のエンブレムがついている。ブラックホーク社のロゴマークだ。

「行こう」

最上階でエレベーターを降りる。奥の部屋のドアは彫刻のついた木製で、その前に佇立《ちょりつ》していた男が、愛想よく手を振った。男性とは思えない、凄艶《せいえん》な色気を放つ目をしている。

「遅れず来たな。偉いぞ、新人」

京劇の女形のような美男——尹《イン》がからかっても、梶は素直に頷いただけだった。拍子抜けだ。最上は尹と顔を見合わせる。

梶は、ブラックホーク・ジャパンが誇る、特殊警備隊の新人隊員のひとりだ。

半年前、特殊警備隊は〈空牙《クーガ》〉と名乗るテロリスト集団と激突し、大きな痛手を負った。隊員の張《チャン》が死に、重傷者二名を出した。うち一名は隊長の妹尾容子《せのおようこ》だ。爆発にやられた彼女はいまだ意識が戻らず、今も病院で治療を受けているが、いつの日か必ず元気な姿を見せてくれると、最上は信じている。

特殊警備隊は、主力メンバーをもうひとり失った。副隊長の斉藤《さいとう》ハジメだ。斉藤は、事件に関与した責任を感じ、退職を願い出た。上層部が受理せず保留としたため今は休職扱いだが、本人には戻る気がなさそうだ。

尹がイヤフォンマイクに話しかけると、まるで自動ドアのように扉が開いた。もちろん、自動ドアではない。

「入ってくれ。そろそろ引継ぎの時間だ」

中から顔を出した男が白い歯を見せる。

――エディ・村雨《むらさめ》。

この男もブラックホークに入社したのは事件後だが、梶とは年季が違うので、誰も新人扱いはしない。日系米国人で、元グリーンベレーの隊員だ。背は百八十センチ以上、短く刈った髪に、細く吊り上がった目をしていて、いかにもハリウッド映画に登場しそうな「アジア系」の顔立ちだ。

入社してすぐ、エディは副隊長に抜擢《ばってき》されたが、誰も文句を言わなかった。

「失礼します」

最上は梶とともに入室した。グレーの毛足の短い絨毯に、ワークブーツの武骨な足音は吸収される。大臣や長官、国会議員らの執務室はデザインや構造が似ており、重厚な執務机に革のひじ掛け椅子、壁面に書架が並び、部屋の隅にはさりげなく日の丸が飾られている。応接セットがあるのも同じだ。室内にはエディ以外にも、三人の男たちがいた。

革のひじ掛け椅子と、応接セットの長椅子にいたふたりが、同時にこちらを見た。部屋の隅に佇立するSPは、無表情この上ない。

「来たか」

長椅子の男は、顔に大きな白い傷痕がある。コードネーム〈切り傷《スカー》〉は伊達ではない。新隊長の浅井《あさい》だ。

妹尾が重傷を負った事件で、浅井も片腕に重傷を負った。リハビリに耐え、復帰してすぐ隊長に抜擢された。落ち着いた男だし、チームの中では妹尾と斉藤の次に先任だったので、適任だろう。

「引継ぎの後は、彼らのチームが今夜の警護にあたります」

浅井が最上らを紹介したのは、革のひじ掛け椅子に腰を下ろし、興味深そうにこちらを見守る男性だった。年齢は五十歳を過ぎたあたりだろうか。もっとも、近ごろでは医療と美容の技術が飛躍的に進歩し、見た目では年齢がさっぱりわからない。

最上が男を五十代と判断したのは、彼が警察庁の長官だからだ。

「よろしくお願いします。速水《はやみ》です」

速水典弘《のりひろ》長官が、座ったまま気さくに頭を下げた。最上と梶は、それぞれ名乗った。速水と友達になるわけじゃない。自分たちの仕事は、速水の安全を守ることだ。

「これが警備計画書だ」

浅井が応接セットのテーブルに、数枚の書類を滑らせた。最上と梶は、浅井の正面に座り、書面に目を通す。これを手早く頭に入れなければならない。

今日の昼すぎ、緊急に特殊警備隊に招集がかけられた。招集をかけたのは、ブラックホーク・ジャパン警備部門の実質ナンバー1とされる、警備課長の須藤英司《すどうえいじ》だ。

（今回の警護対象《プリンシパル》は、警察庁長官だ）

須藤の指令に、特殊警備隊はしばし言葉を失った。二十九万人ともいわれる、全国の警察組織のトップを、民間の警備員が警護するというのだ。

（無駄な質問はするな。仕事は、いつも通りの警護だ）

素早く予防線を張った〈デーモン〉須藤課長は、続けて言った。

（ただし今回は、いつもとひとつ違う点がある。最優先で守るべきものはプリンシパルの命ではない。自由だ）

――自由だと。

どういう意味なのか、尋ねようとした時には通信は切れていた。

そんなわけで、浅井隊長と副隊長のエディがその足で警察庁に急行したのは、警備計画書を策定するため、状況を把握する必要があったからだ。尹が彼らとともに先行し、すでに長官の警護は始まっている。

浅井隊長とエディは、長官が直面する〈脅威《きょうい》〉を洗い出していたが、それは通常の警護案件よりも漠然としたものに終始していた。

逮捕された犯罪者による報復、テロリストによる攻撃、誘拐、狙撃。そんな脅威が存在することは、本人だって百も承知だろう――警察組織のトップなのだから。

警備計画書を読み通しても、理解できないことがあった。

「――なぜ、彼らに任せないんですか？」

最上は、部屋の隅に立つ、ブラックスーツ姿のSPを指した。くすぶる不満を隠したような、むっつりした表情でこちらを見ようともしない。それも当然だ。

警察庁長官の立場にいる人間が、SPの警護ではなく民間の警備会社を頼るとは、異様な話ではないか。

「最上」

浅井が手を挙げて制止した。

「それについて、我々は関知しない」

契約を受けたのは須藤課長だ。上層部が承認したなら、特殊警備隊の出る幕ではない。

「もうひとつだけ」と最上はさらに粘った。

「我々はブラックホークの制服着用で、本当にかまわないのですね」

ロビーで出会った男性の反応から考えて、制服を脱いだほうが、無用の軋轢《あつれき》を生まないのではないかと気を回したのだ。

「ぜひ制服で来てもらいたいね」

執務机の後ろから、速水長官が厳粛に答える。それなら、後はもう何も言うことはない。最上は了解の印に、浅井に向かって頷いた。

「明日の朝七時に、長官のご自宅で引継ぎの後、交代する」

浅井とエディ、尹の三人は、それを潮に引き揚げていった。午後六時、あとは長官の指示に従えと言われたが、それも異例だ。本来なら、プリンシパルのスケジュールを共有し、警備計画を練る。今日は、そこまで間に合わなかったというのが正直なところだろう。

「心配しなくていい。あとはうちに帰るだけだよ」

最上の戸惑いを感じ取ったのか、長官が立ち上がり、上着に袖を通しながら微笑んだ。警察官なのだから、当然ながら警護の基本は頭に入っている。

「須藤君とは、彼が警察庁にいたころ親しくてね。もっとも彼のほうがずっと若いが」

質問を封じられた最上たちに、少しでも情報という名のエサを与えておこうとでも考えたのか、エレベーターで地下の駐車場に向かいながら長官が話しだした。SPも長官の近侍のようについてくるが、会話には加わらず、無言だった。

須藤課長が、警察庁に勤務していたことは聞いている。警備の職に就いていたが、ブラックホークに引き抜かれたとも聞いた。

「今もお会いになったりするんですか」

最上は微笑みながら尋ねた。

プリンシパルとは、つかず離れず。べたべたと親しくなりすぎてもいけないし、あまりに事務的すぎても良くない。適度にフレンドリーなふるまいで、しっかり信頼関係を築いておかなければ、いざという時に互いの意思の疎通がうまくいかない。

「――しばらく会ってないよ。ここ数年はね」

どこか憂鬱《ゆううつ》そうに、長官が答えた。

顔立ちは三十代と言われても信じられるほど若々しいが、年齢は声と表情と身体《からだ》の動きに出る。くたびれた声だ。

地下駐車場に降りると、さっと三名のＳＰが長官に寄り添おうとした。

「悪いが、しばらくいいんだ。彼らに任せることにしたから」

長官が手を振ってＳＰの警護を拒むと、ＳＰたちは何とも言いがたい表情で、最上らをじろりと睨んだ。

「そういうわけにはまいりません。これが我々の任務ですから」

長身に白皙のＳＰが、最上を睨みつけたまま言う。ＳＰは容姿も採用の条件に入っているという噂は、本当かもしれない。

「いいから、警備部長に尋ねてくれ。何も、今後ずっとというわけじゃない。しばらくの間だよ」

ため息をつくように長官が指示すると、ＳＰたちは火を噴くような目つきで特殊警備隊の面々を順に見つめ、後ろに下がった。

――やれやれ、また警察内部に敵ができたじゃないか。

ただでさえブラックホークは、警察の現場から反感を持たれることが多いのだ。警察組織のトップまで、ＳＰを頼らずブラックホークに警護を依頼するとは、ＳＰのメンツも何もあったものではない。彼らの怒りも、もっともだろう。

駐車場のゲスト用区画に、ブラックホークの警備用自動車〈ホーク・テン〉が停《と》まっている。車の前後には、これ見よがしに黒い鷹のエンブレム。中途半端な悪党どもは、これを見ると裸足で逃げる。たまに、逆に闘志を燃やす連中もいる。

車の隣に、大きなバイクも停まっている。シルバーウイングをベースに、カスタマイズしたブラックホーク独自の社用バイクだ。すべての車輛は、〈フィールドリンク〉で接続され、情報交換が容易に行われる。

バイクのそばにいた男が、こちらに頷きかけた。〈ビリー〉こと富永弘《とみながひろし》だ。彼も特殊警備隊の新人で、米国ブラックホークから須藤課長が引き抜いた男と言われている。

富永は指を二本立てて振り、いつでも出発できるよう、バイクにまたがった。

後部座席の中央に長官を乗せ、その左右を梶と最上が固めた。運転するのは、ビークル・セクションの柳瀬《やなせ》メイだ。

「では、長官のご自宅へ」

速水長官が頷くのを確認し、自宅を表す暗号コードを富永にも知らせる。手を振り、富永のバイクが先に出発した。彼がチームのセキュリティ・アドバンスド・パーティ、通称SAPだ。目的地に先着し、ルートや目的地の安全を確保する。富永を追うように、メイがそろそろと車を出した。

駐車場を出る際に、車内の速水長官に気づいた警備の警察官が、弾《はじ》かれたように敬礼した。ふだんなら警察の公用車で、SPの警護を受けて自宅に戻るはずだ。車はすぐに警察庁を離れたが、今ごろきっと何が起きたのかと首をかしげているだろう。

「いい季節だね」

長官がふと、車窓の外を眺めてひとりごちた。三月の終わり、桜が満開でお堀に咲きこぼれている。ジャージや短パン姿のランナーが、皇居の周囲を黙々と走りこんでいるのも、見慣れた光景だ。少し風が強いようで、街路樹の枝が風になびいた。

「窓を開けられないのが残念だ」

そう、速水長官がぽつりと漏《も》らした。

＊

中央通り沿いに立ち並ぶ、世界有数のハイ・ブランドの瀟洒《しょうしゃ》な店舗は、今日も窓越しに街行く人々の視線を集めている。

この数十年、変わるものも、変わらないものもあった。東京でも銀座はそれほど変わらなかったほうで、富のいちばん旨みの強い上澄みを、ぎゅっと濃縮して固めてカットしたような、そんな輝きをいつまでも放っている。宝石のような街だが、宝石にしては若干、生臭い気配もする。

ちょうど、中央通りを通りかかった衆議院議員の選挙カーが、立候補者の名前を連呼していく。

「自由民権党の山浦敏則《やまうらとしのり》、山浦敏則をどうぞよろしくお願いいたします！」

ウグイス嬢のアナウンスとともに、窓からにこやかに手を振っているのは、山浦本人だ。他人の年齢がわかりにくくなった昨今だが、山浦が五十八歳であることは、報道などでよく知られている。

半年前、金融商品取引法違反で逮捕された牧原和義《まきはらかずよし》の代わりに、自由民権党の幹事長を務めている男だ。牧原は金権政治の腐臭が漂うが、磊落《らいらく》な性格で好かれてもいた。山浦は潔癖そうだが、性格は狷介《けんかい》そうだ。寒川《さむかわ》はあまり好きではない。

やかましい選挙カーが通り過ぎるまで、待った。

近ごろめっきり少なくなった着物姿の女性や、外国人観光客や、仕事帰りの会社員らが、通りをひっきりなしに行きかっている。

彼の周囲には、立ち入り禁止の黄色いテープが張り巡らされている。足元には、まだ大量の血痕がなまなましく残ってもいた。

だが、その不吉な印に視線をやって立ち止まる人はほとんどおらず、みんな「訳知り」ならではの無関心さで、自分の目的地に向かって一心に歩いていく。事件のことは知っていても、必要以上の関心を持つのが、かえって失礼だとでも考えているかのようだ。あるいは、一日の終わりに銀座で美味しいものを食べ、美女と一緒に酒を飲むことしか、頭にないのだろうか。

「――人が撃たれても、自分には関係ないか」

低く呟き、寒川は顔を上げて、遠く離れたファッションビルの屋上を見た。犯人は、三百メートルほど離れた十七階建てのビルの屋上から、路上でタクシーを停めようとした男性を狙撃したものと見られている。今、そのビルは、窓から漏れる照明の光で、燦然《さんぜん》ときらめいている。

事件が起きたのは、昨夜、午前一時半ごろだ。

被害者は、東都重工株式会社の新社長、等々力《とどろき》康博《やすひろ》だった。昨年、塩沢《しおざわ》社長が兵器密輸スキャンダルに絡んで自殺した後、社長に就任した男だ。そもそもは技術畑の名物社員だったが、経営の才覚を買われ、スキャンダル発覚以来、ずるずると転落するばかりの東都重工を、これから牽引《けんいん》するはずだった。

それが、まさかの暗殺だ。

今朝、報道各社とネット上に、クーガが犯行声明を出した。驚きはない。東都重工とクーガは、何年も前から犬猿の仲だ。兵器密輸スキャンダルが公になったのも、クーガの脅迫が引き金を引いたと聞いている。

そして、半年近く動きをひそめていたクーガは、この数日でたびたび暗殺の犯行声明を出した。狙撃されたのは、等々力社長で四人めだ。

──奴ら、復活しやがったな。

半年前、ブラックホークと激突し死んだと見られていた狙撃手ニードルが、復活した。

そうとしか思えない。

寒川は再び、銀座の目抜き通りの雑踏に身を置き、クラクションと闊歩《かっぽ》するヒールの足音、縦横無尽に空を駆け回る小型ヘリや、無人機のローター音などが入り混じった喧騒《けんそう》に全身を浸した。

――なんと遠くまで来たのだろう。

警視庁公安第五課一係の老いぼれ刑事だった自分は、この数年を経て、警視庁どころか社会の異物と化した感がある。指先に刺さってどうしても抜けない棘《とげ》のような存在だ。人には嫌われ、疎まれ、憎まれても自分ではどうしようもない。棘には棘の仕事がある。

本来なら、昨年のうちには定年を迎えるはずだったが、年金の支給開始年齢が繰り上がるのにつれ、公務員の定年はほぼ自動的に五歳、繰り上がった。警視庁の上司たちは、さぞため息をついただろう。

寒川は、シャツの喉元にそっと手を当てた。昔はそこに、ネクタイのノットが来たのだが、今ではネクタイを締める人口が少なくなった。硬く丸いメダルの感触が、指先に触れる。警視庁のマーク「朝日影《あさひかげ》」に似た文様《もんよう》のメダルだ。丹野《たんの》が死ぬ間際に渡したものだ。

以前は携帯端末のストラップにしていたが、時おり警察内部でメダルを目にして胡散臭《うさんくさ》そうな表情を浮かべる人間がいることに気がつき、ペンダントにした。誰がメダルを見てどんな反応を示したかも、記録してある。いずれはそれも、重要な意味を持つはずだ。

寒川が調べたところでは、その文様は「旭光《きょっこう》」「日章《にっしょう》」などと呼ばれ、はるか大昔、大日本帝国陸軍憲兵隊の徽章《きしょう》としても使用されていたそうだ。「朝日影」は五芒《ごぼう》だが、「旭光」は六芒だった。

「――丹野。俺はまだ、なんとかやってる」

メダルとともに、強烈な印象と謎を残して逝《い》った若い刑事に語りかける。

時おり、自分たちは世を去る順番を間違えたのだという思いにかられるが、それでも寒川はまだ生きており、かんたんには彼岸に渡らせてもらえそうにない。

*

メールやメッセージ全盛の時代に、郵便物が届くことなど稀《まれ》だ。

総務部の女性も、珍しそうに目をキラキラさせながら、そのぶ厚い封筒を胸に抱えて来て、柳田未知《やなぎだみち》の机に載せた。

「はい、どうぞ。いま届いたけど、郵便物なんて誰かに届けるの、何年ぶりかしら」

「誰から？　嫌だなあ、爆弾じゃないよね」

柳田は、眉をひそめた。読朝タイムス社会部の記者を十年もやっていると、いつどこで誰に恨みを買わないとも限らない。紙の新聞の部数が、雀の涙ほどに転落して久しく、今の彼らの主戦場はネットワークの動画と配信記事だ。とはいえ、昔からずっと、記者の仕事は変わらない。

　取材を重ね、読者に届ける。

　それだけだ。

　柳田は臆病だが、そのぶん逃げ足には自信がある。それを生かして、危険な取材も進んで引き受けてきた。そのツケが、今ごろ来たのだろうか。

　――それとも例の、エリート警察官僚の射殺事件を調査しているせいかな。

　何年か前に、丹野というう警察エリートが、クーガの狙撃手に射殺された。その事件の取材は、関係者がみんな非協力的で暗礁《あんしょう》に乗り上げている。丹野刑事の相棒だった老刑事ですら、取材協力を拒んだ。調査を続けるなら命にかかわるともデスクに脅されたことを思い出し、ひんやりと背中が冷たくなる。

　総務の女性が腕組みして目を細める。

「爆発物だったら、うちの受付を通れない。炭疽菌《たんそきん》などもチェックされてる。だから、まず問題ないと思うけど、念のためにトイレの個室に入って、みんなをトイレから避難させてから開けてね」

「怖いこと言うなよ！」

彼女の態度は有無を言わさず、柳田はしかたなく、言われるがまま封筒とカッターナイフを抱えてトイレの個室に入った。気分が休まるのは、トイレの中は、ここ数十年、ほとんど変化がないからだ。

総務の女性が男子用トイレの前に陣取り、誰も入るなと告げている。恐ろしい女傑だ。

ナイフで封筒のふたを開くと、中から何枚もの印刷物が出てきた。

――なんだ、こりゃ。

大学は経済学部だったが、ＡＩ入門という講義を取ったおかげで、そこに印刷されているのが人工知能に関するプログラムの一部であることは理解できた。

だが、それ以外に何の説明もない。どうしろとも書かれていない。そもそも、誰が何の目的で、自分に届けたのかがわからない。

――だが、これはいたずらじゃない。

そう感じたのは、記者としての柳田の勘だった。白い紙に印刷された、ただのコードでしかないのに、誰かの悲鳴のような切実さが漂っている。

それとも、そんなものはただの柳田の希望的観測に過ぎないのだろうか。

「何だった？」

トイレを出ると、総務の女性が好奇心を満面に浮かべて振り向いた。柳田はぶらぶらと歩き、印刷物を入れ直して、ぶ厚くなった封筒を振った。

「よくわかんないよ。いたずらみたいだなあ。ちぇっ、恋文かと思ったのになあ」

「あらまあ、ほんとね。ラブレターなら、私も見せてって言うところだけど」

柳田は、席に戻ると封筒をゴミ箱に投げ込んだ。総務の女性が、つまらなさそうに戻っていくのを見送り、誰も見ていない隙を狙って、封筒を拾い上げ、机の陰に置いた鞄に落とし込んだ。

いつか、自分にツキを呼び込んでくれそうな予感がした。

2

白金《しろかね》にある、小さな要塞《ようさい》のような戸建て住宅に到着すると、バイクで先導した富永と、車から降りた梶が周辺のチェックを終え、異常なしのサインをよこした。

先に最上たちが降り、長官が降りるのを、ドアを押さえて待つ。

「ありがとう」

速水長官は丁寧に礼を言い、最上と梶に挟まれるように正面の短い階段を上がった。

門を開けると小さなパティオ、ささやかながら噴水と植栽もある。高い塀が庭を目隠しして、門を閉めれば東京から隔絶された雰囲気にもなった。

「いつもなら警視庁の警備がいるのだが、今日からしばらく解除していてね。いま家の中には家族を含め、誰もいないんだ」

「少しお待ちください。彼らが先に入ります」

最上は長官を制止した。富永と梶が、玄関に近づいていく。侵入者が待ち伏せしている恐れもある。最上は万が一に備えて油断なく長官の盾になる位置に立った。

いきなりドアが開いた。富永らが脇に飛び退《の》き、テーザー銃をかまえた。

「お帰りなさいませ」

物音で到着を察したのか、濃紺のワンピースにエプロンをつけた女性がドアを開いたところだった。彼女は、テーザー銃をかまえた男たちを見て、ぎょっとしたようだ。

長官は機嫌を損ねた様子になった。

「奥村《おくむら》さん、どうしたんだ。みんなと一緒に、軽井沢に行くよう言っておいたはずだが」

軽井沢には長官一家の別荘があり、妻子は今、そちらに宿泊しているそうだ。

「申し訳ありません。奥様が、梅野《うめの》さんとここに残って旦那様のおしたくを手伝うようにとおっしゃいまして」

女性はまだ三十前後のメイドのようで、恐縮してかしこまっている。長官は、警察庁からここまで、車内で見せていた穏やかな顔をかなぐり捨て、厳しい表情で首を横に振った。

「梅野君も残っているのか？　いいから、ふたりともすぐにでも出発しなさい。ここにいると危険だ」

困惑しているメイドを残し、富永たちは先に進んでいく。一階の安全を確認し、最上に
『一階はクリアです』と報告をよこした。

それを聞いて、長官が待ちきれないように邸内に足を踏み入れた。

「富永とメイは、外に残って屋外の警備を頼む」

『了解』

富永が、いったん外に出てくる。プロテクティブ・エスコート・セクション、略称ＰＥＳの最上と梶は長官の行く先々に同行する。邸内の安全を確保すれば、あとはいつでも長官の近くに駆けつけられる位置で待機するつもりだった。自宅でも警護スタッフに張りつかれると、さすがに長官が疲れるだろう。

「梅野君！　どこだ」

長官が捜している梅野というのは、当家の使用人のひとりだ。警備計画によれば、速水家は古くからの家柄で、速水の曽祖父が造船事業で成功したこともあり、一家は今でも国内有数の資産家だ。長官の家族は妻と大学生の長男、高校生の長女の三名だが、屋敷には執事の

梅野、メイドの奥村というふたりの使用人がいる。

執事やメイドという天然記念物のような存在が、この現代に生き残っていることが、最上には驚き以外の何物でもない。

おまけに、この二階建ての屋敷は、外から見るよりずっと広壮《こうそう》だった。

「おかしいな。二階の書斎かな」

眉をひそめながら、長官が執事を捜している。そのまま二階に上がろうとするので、最上は長官を制止して、自分が先に立って階段を上がった。二階もまた広い。長い廊下の左右に、いくつものドアが見える。床には毛足の長い絨毯が敷き詰められ、足音を吸収している。

「梅野君！」

執事は現れない。最上は異常を感じ、手前からひとつずつ、ドアを開いて室内を確認した。

書斎は三つめのドアだという。

そのドアは、わずかに開いていた。

「梅野君、いるか？」

最上がドアを大きく開け放つ背後から、長官が声をかけた。静かだ。つんと、刺激のある臭《にお》いが鼻を刺した。記憶にある——ありすぎる臭いだ。最上はとっさに長官に手を振り、動くな指示した。

長官も、臭いに気づいたのだろう。ハッとした様子で静止する。

最上は書斎を見渡した。誰の姿も見えない。シックなマホガニー調のデスクと黒い革のひじ掛け椅子が置かれ、壁にずらりと並んでいるのは、先ほど見た長官室のものよりずっと重厚な書棚だ。

銃を抜いてかまえ、そっとデスクの裏を覗いた最上は、血だまりの中にうつぶせに倒れた初老の男性を見つけた。執事の梅野だ。かがんで首筋に手を当てたが、脈はない。ただ、身体にはまだぬくもりがあった。刺されたのは、そんなに前ではない。凶器は遺体のそばに落ちていた。装飾品のような細いペーパーナイフだ。

「梅野君！　なんてことだ」

長官が驚いたように叫ぶ。

「長官、下がってください。我々から離れないで」

最上はイヤフォンマイクに触れた。

「ビリー。いるか」

『います』

庭先で警護にあたる富永が応答する。

「邸内に入った後、執事の梅野さんと話したか」

『いいえ。見かけたのは女性のメイドだけです』

——玄関を開けた時には、もう殺されていたのかもしれない。

長官を書斎から押し戻すように出し、最上は油断なく廊下の気配を窺い、階下に向かった。

梶とふたりで長官の前後を守る。

「警察に——」

言いかけると、長官が激しく首を振った。

「いや、ダメだ。状況がわかるまで、通報は待ってくれ」

警察トップが、妙なことを言うものだ。最上はイヤフォンマイクに囁《ささや》きかけた。

「家から誰も出すな。中に殺人者がいるかもしれない」

『了解』

外にはメイもいる。逃がすことはない。

最上の耳は、かすかなサイレンの音をとらえた。こちらに近づいてくる。パトカーだ。

「——やられたな」

長官が低く呟く。

事情を知る者の、声の響きだった。

「長官？」

「あのペーパーナイフは、私のものだ。書斎の机に、誰でも手に取れる場所にあった。だが、私の指紋がついているだろう」

「誰かが長官を陥れようとしたということですか。しかし、我々が長官とずっと一緒にいましたから」

彼が手を下せなかったことは間違いない。警察にも証言するつもりだ。

だが、近づいてくるパトカーは、この屋敷に向かっているのだろうか。こんなに早く、事件の発生を知らせたのは誰だ。

「奥村さんはどこだ？」

長官がふと顔を上げた。奥村とは、先ほどのメイドの名前だ。長官が呼んでも、彼女は現れなかった。

「ロック」

銃の筒先を振り、梶に見に行かせる。応接室、居間、台所、洗濯部屋などと、ひと部屋ずつ梶が確認する間も、サイレンの音は刻々と近づいてくる。

「ダメだ。脱出しよう」

長官の顔が青ざめた。

「詳しい話は後回しだ。とにかく、ここから連れ出してくれ。でないと拘束《こうそく》される」

戸惑った。長官が誰も殺していないのは明らかではないか。自分たちが証人になるし、警察官が到着すれば、この屋敷の内部を捜索して犯人を捕まえることもできる。――だが。

チームの責任者は最上だ。肚《はら》を決めるのは最上しかいない。

(最優先で守るべきものは、プリンシパルの自由)

――妙な指示だと思ったんだ。

須藤課長は、何か情報を摑んでいたのに違いない。最上は頷いた。

「車を用意してくれ。すぐ出る」

メイと富永に指示を出す。一階を捜し回ったが、メイドの奥村を見つけられなかった梶も呼び戻した。奥村もすでに犯人に殺されたか、あるいは――彼女が執事を殺したのかもしれない。

「そうだ、少し待ってくれ」

長官が、何を思い出したのか、居間に駆け込んだ。チェストの引き出しを開け、中をかきまわしていたが、やがて思いつめた様子で顔を上げた。

「――薬がない」

「何の薬ですか」

「持病の処方薬だ。いつもここにあるんだが」

サイレンはいよいよ近づき、数ブロック先から聞こえてくる。

「薬は後でなんとかしましょう。もう行かなくては」

最上は長官を促した。富永が、玄関前はクリアだと、暗号コードで報告した。最上は先に立ち、玄関のドアを開けた。富永がドアの前で見張っている。門の前には、メイが車をつけて待っている。

「絶対に我々から離れないでください」

狙撃を警戒し、三人で長官をかこんで車に乗せた。警備専用車輌のホーク・テンから、小さいドローンがするすると上空に舞い上がる。カメラで高所から車輌周辺を警戒するためだ。ほぼ自動運転で上空においてホーク・テンを追尾するが、カメラの操作や着陸などは、運転者のメイが音声で命じることができる。

「出せ！」

全員が車に飛び込んだ直後、メイは思いきりよくアクセルを踏み込んだ。角を曲がった直後、背後でサイレンが止まった。長官の屋敷にパトカーが到着したらしい。

「さあ、詳しい話を聞かせていただきましょう。どうして逃《な》げたんですか」

パトカーが追ってくる様子がないとわかり、ホッと胸を撫でおろしたのもつかの間、最上は長官に向き直った。

車はひとまず、ブラックホークの多摩センターに向かっている。訓練施設や仮眠用の宿泊所もあり、一時的に長官をかくまうこともできるかもしれない。

長官は眉宇《びう》を曇らせたが、しゃんと背筋を伸ばした。

「まずは礼を言わせてもらうよ。助かった。私はここしばらく、警察組織の何者かに命を狙われていたんだ。あのままあそこにいれば、暗殺されたか、梅野君を殺した犯人として逮捕されただろう」

だから逃げたんだという長官の表情と口調が、この上もなく苦々しい。

とんでもない話だったが、最上は驚かなかった。ブラックホークの特殊警備隊にいると、見たくもないものを見て、聞きたくもない話を聞くことになる。わずか一年ばかり経験を積んだおかげで、多少のことには動揺しなくなった。

「わかりました。今後について、何かお考えはありますか」

このまま逃げ続けるといっても、限界がある。自宅からはいったん離れたが、信頼のおける警察署で事情を説明するとか、部下に来てもらうとか、長官には勝算があるのかと思った。

「いや。今後も含め、須藤君に任せている。私は俎板《まないた》の鯉のつもりでいるよ」

――鯉かよ。

もう少し建設的な意見を期待していたが、鯉の立場に徹するつもりらしい長官に、最上は頷いた。案外、そのほうがこちらも対処しやすいかもしれない。

「了解しました。部下の方を呼ばなくて大丈夫ですか」

「その部下が、いちばん怪しいのでね」

なるほど、それならどうしようもない。ブラックホークを頼りにするわけだ。

「軽井沢の別荘に避難させた家族が心配だ」

「そちらも含め、上と相談します」

最上はイヤフォンマイクを操作し、浅井隊長に連絡を取り始めた。

＊

「――なんだ。寒川さんも来たんですか」

白い手袋をはめて、現場にかがみこんでいた内藤《ないとう》が顔を上げる。

三十代半ば、公安第五課に配属されて間がないが、はやくも寒川を軽んじる態度を見せるのは、周囲の先輩たちを見習っているのだ。

「もう遅い時刻ですよ。帰ったほうが良かったんじゃありませんか」

「クーガがらみの案件と聞いちゃ、な」

「でも、僕たちで充分、間に合ってますよ」

寒川は取り合わず、現場となった書斎を見渡した。

警察庁長官、速水典弘の自宅だった。警察庁長官といえば、警察組織のてっぺんだ。こんな豪邸に住んでいると知って驚いたが、親の遺産と聞けば納得もする。相続税の税率が引き下げられた影響で、都内の豪邸でも自宅については子どもに遺せるようになってきたようだ。

すでに運び出された後だが、執務机の後ろに倒れて死んでいたのは、速水長官の執事だった。梅野という名前らしい。長官の家には「執事」と「メイド」がいたらしいのだ。

考えただけでくすぐったくなり、寒川は鼻の頭をこすった。

「どうして君がここにいる」

階段を上がってきた男が、寒川を見てそっけなく言い捨てた。

——それはこちらのセリフだ。

寒川はその言葉を呑み込んだ。

男は、公安第五課長の江島《えじま》だ。おしゃれのつもりか色白の顔に細い縁のメガネをかけ、スーツに薄手のコートまで羽織っている。温暖化で日本から春らしい春が失われて久しく、三月だというのに日差しはもう汗ばむほどで、コートなど着るのはよほどの物好きだけだ。江島の後ろからついてきたのは、一係長の吉田《よしだ》だった。前の一係長、鹿島《かしま》が早期退職したのを受け、着任した男だ。鹿島が辞めると、寒川の味方は警察にひとりもいなくなった。

警察庁長官の自宅で発生した殺人事件とはいえ、五課長が午後十時に現場まで出張るとは、裏に何かあるのかと勘繰りたくなる。

寒川の返事がないことなど、五課長は気にも留めた様子がなく、書斎とその向こうの寝室などを覗いている。

「長官はまだ見つからないのか」

一係長に尋ねるのが聞こえた。

「まだのようです」

「逃げたんだから犯人は長官だ。手配するか」

「それは早計でしょう。何かの間違いなら、取り返しがつきません」

「上に報告しなければならないのは、私なんだぞ」

五課長と一係長が、殺伐《さつばつ》としたやりとりをしている。誰かの泣き声を聞いた気がして、寒川は周囲を見回した。書斎の前の廊下で、涙をぬぐいながら鼻をぐすぐす言わせているのは、奥村という当家のメイドだ。寒川はメイドに近づいた。

「いろいろ、たいへんだったね」

警察手帳を見せてねぎらうと、赤い目をしたメイドが涙ながらに頷いた。

「詳しいことを、聞かせてくれるかな」

「さっき、あちらの方に話しましたけど」

「悪いね。もう一度、聞きたいんだ」

メイドの話はかんたんだった。長官の奥方と子どもたちは、軽井沢の別荘に行っている。執事とメイドも同行するようにと長官には言われていたが、奥方がここに残れと指示した。長官は今日、濃紺の服を着たボディガードたちと一緒に戻り、二階に上がってすぐ降りてきた。そのまま外に出て車で出かけてしまったので、変だと思い二階の様子を見に来たところ、書斎で執事が死んでいた。通報したのはメイドだという。

「まさか、旦那さまが梅野さんにこんなことをなさるなんて——」

ハンカチを片手に涙にかきくれている。

「速水長官が、あれをやったと言っているのかな？　現場を見たの？」

寒川は首をかしげた。濃紺のワンピース姿のメイドは、首を横に振った。

「見ておりません。足音と話し声で」

「それを詳しく聞かせてほしいんだ。どんな音を聞いたのかな」

「旦那さまが先頭に立ち、階段を上がって行かれました。後ろから、ボディガードのふたりがついていきました。旦那さまは梅野さんを捜しておられて、書斎のドアを開ける音がしたんです。その後すぐ、『梅野、きさま』という旦那さまの声と、争ってもみ合うような激しい足音が――」

執事はペーパーナイフで胸を刺されたようだ。それは机の上にあった速水長官のものだと、メイドが証言した。

警察庁長官なんて、寒川のようないっかいの老刑事には雲の上の存在だ。直接、顔を見たこともない。超難関の試験をトップクラスの成績で合格し、並みいるライバルを押しのけてトップに立つほどの男だ。優秀で有能なのは間違いないだろうが、その彼がまたなぜ、執事を殺したりなどしたのだろう。しかも、直後に逃げている。

――「梅野、きさま」か。

どういう意味だろう。

ふと気づけば、寒川の指は喉元のメダルを、シャツの上からまさぐっている。近ごろは、これがお守りのようになっていた。

寒川がひとりで調べているのは、このメダルに関係する組織だ。メダルの文様から、〈旭光〉と彼は呼んでいる。組織と彼は考えているが、実のところ、実態はわからない。ただ、警察関係者、それもかなり「上のほう」に、〈旭光〉と関わりを持つものたちがいる。

速水長官もそのひとりではないかと、寒川は疑いを抱いていた。

「ところで、長官の家族が軽井沢に行ったのはどうしてだろうな」

目を赤くしたメイドに尋ねる。

「さあ――。私にもよくわからないんです。数日前に急に決まり、慌ただしくお発《た》ちになりました。ただ、旦那さまは私にも『ここにいると危険だ』とおっしゃいました」

「危険というと、何か具体的な心当たりがありますか」

「いいえ」

「あなたは何年くらい、ここで働いているんですか」

「三年になります」

まだそれほど長くもないわけだ。

「その間に、家族が急に旅行するなんてことは――」

「初めてです」

寒川は、警視庁から全職員に支給されているオペロンを片手に、小さく唸《うな》った。昔なら考えられないことだが、この小さな端末一台あれば、公安第五課の捜査員がアクセスする権利を持つ情報に、すべてアクセスすることができる。いくら寒川が冷や飯を食っているとはいえ、情報へのアクセスまでは止められていない。そのおかげで、事件発生も即時で情報が得られたわけだ。

異例といえば、ボディガードの件もそうだ。通常はＳＰが長官の警護にあたっているが、今日はなぜか、長官の指示によりＳＰが全員、警護から外され、民間のボディガードが四名、警察庁から自宅までを警護したらしい。

それは警察庁に提出された申請書から、正体がはっきりしている。ブラックホーク・ジャパン社の特殊警備隊だ。

――また、ブラックホークか。

寒川は、ブラックホークに対して悪い印象しか持っていない。そもそも、スーパー・ガード法成立の直後に日本法人を立ち上げた時から、きな臭いと感じていた。

事件発生から四時間が経過しているが、長官は見つかっていない。同行していたブラックホークのボディガードもだ。彼らは、長官と一緒に逃走したようだ。

――ブラックホークも〈旭光〉と関係があるんだろうか。

よく理解できないのが、事件発生の数時間後に、公安第五課にまで話が通り、これがテロリスト集団クーガのからむ事件だとされ、第五課が出張ってきたということだ。

――どこがクーガの案件なんだ。

警察庁の長官が執事を殺したというだけでも信じがたいのに、どこにクーガが関係する余地があるのだろう。

ブラックホークはクーガの天敵。そして、警察庁長官も、常にクーガの狙撃リストの上位に名前が挙がる常連だ。だからこそ、SPがいつも張りついている。だが、今回狙われたのは、長官本人ではなかった。

クーガは、ここ数日にわたり、各地で人を殺しまくっている。主に財界のトップクラスの著名人たちだ。

そのせいで、いまブラックホークには警護の依頼が殺到していると聞いている。特に、クーガに狙われそうな自覚のある財界人たちが、震え上がっているのだ。

そんな中で、ブラックホークは虎の子の特殊警備隊を警察庁長官に張りつけたのだった。

――何かある。

ぷんぷんと臭う。寒川はブラックホークが嫌いだが、彼らの優秀さは認めている。無駄なことは決してしない連中だ。彼らが長官の警護にあたったのなら、そこには何か意味があるのだ。

「ちょっと、出かけてくるよ」

内藤に声をかけた。

内藤はこちらをちらっと見ただけで、「どうぞ」と言った。もちろん、内藤の許可をもらう必要はない。第五課で孤立しているとはいえ、寒川は今でも、ひとりだけの「寒川班」の班長に変わりなかった。自由にやらせてもらうつもりだ。

3

用意されたセーフハウスは、両国にあるなんの変哲もないマンションだ。

間取りはいわゆる3LDK、ベランダもありゆったりしていて、都内だからそれなりの賃貸料は取られるだろう。テーブルや椅子など、家具もひと通りそろっているが、予算内におさまるよう機械的に選択したらしく、統一感はない。だが、居心地は悪くない。

「しばらくここに隠れて、今後のことを考えましょう」

ベランダに出る掃き出し窓のカーテンを閉め、最上は速水長官をソファに座らせた。

特殊警備隊の浅井隊長に報告すると、ここに向かえと指示された。須藤課長はこの事態を予期しており、先回りして隠れ家と車、携帯端末などを手配させていたようだ。ブラックホークの社用車は目立つので、ごく一般的な白の乗用車二台に乗り換えて、マンションに向かった。

速水長官のオペロンや、最上たち自身のオペロンは、電源を切って社用車に残した。警察の追跡を防ぐためだ。オペロンを開発した米国のパーム社と、そのアレキサンダー・ボーン社長は、オペロン同士の通信の内容は完全に秘匿されるとしている。だが、警察に番号を知られていれば、位置を追跡される恐れはある。

（いいか。須藤課長には直接、連絡を取るな。警察は必ず課長に事情を尋ねるだろう。その時、須藤課長はお前らの居場所を知らないほうがいいんだ）

それが浅井の指示だった。他の特殊警備隊の面々も、状況を見て最上たちと合流するかどうかを決めるという。

（須藤課長からの、この案件の優先順位についての指示を覚えているだろう。まず、プリンシパルの自由を確保することだ。そして、課長はこうも言っていた。会社のことは気にするな、自分自身の命をしっかり守れと）

──かんたんに言ってくれる。

速水長官もだが、最上たちの行動も制約を受けている。警察庁に出入りする前に、顔写真と氏名、身分証明書などを登録した。要所、要所の交差点に設置された防犯カメラの映像は、顔認識システムを通してテロリストや犯罪者などの摘発に利用されている。カメラに写れば、警察官が飛んでくるだろう。

「先にお伝えしておきますが、軽井沢のご家族は、ブラックホークが現地に到着し、無事を確認しました。安全な隠れ家を手配し、かくまっています。しばらく様子を見て通信の安全が確認できるまで、こちらから連絡を取るのは控えてください」

「ありがとう。それを聞いてホッとしたよ。安全な通信が可能になるまで連絡はしない」

長官が、最上の手を握らんばかりに何度も頷いた。

「まず、聞かせてください。警備計画書には、長官が警察内部で命を狙われたことなど、書いてありませんでした。浅井たちには、話さなかったんですか」

脅威を洗い出すにあたり、プリンシパルから正確な情報を得られなければ、正確な評価はできない。そういう意味では、長官は初めの一歩から互いの信頼関係をぶち壊してきたのだ。

ソファに腰を下ろした長官が、頷いた。

「すまない。須藤君と相談し、君たちには話さず、様子を見ることにしたのだ」

リビングのソファには、長官と最上が向かい合って腰を下ろし、梶と富永がそばに立って話を聞いている。メイはまだ駐車場だ。

「つまり、須藤は知っていたんですね」

「彼を責めてはいけない。私が頼んだんだ」

〈デーモン〉須藤課長は、時として自分だけでものごとを決定し、処理しようとする。彼が自由に動かせる予算と人員は、いわゆる「課長」の権限を超えている。

だが、長官に口を割らせるためには、ここで須藤を責めてもしかたがない。

「いいでしょう。では、まず何があったのか具体的な事実を教えてください。狙われたというのは、いつの話ですか」

「最初は、一週間ほど前だ。クーガが各地で暗殺事件を起こし、その犯行声明を出した。私も彼らの狙撃リストには、常に載っているからね。SPを増員して警戒に当たり、徹底して狙撃を避けていた。ところが、帰宅の最中に先導車輛が交通事故に巻き込まれ、私の乗っていた車輛に近づいてきたバイクの男が、後部座席の窓に三発撃ち込んで逃げたんだ」

SPの車輛は防弾だ。三発程度ではびくともせず、駆けつけたパトカーがバイクを追ったが逃げられた。バイクは数キロ先で乗り捨てられていたそうだ。

「初めて知りましたが、その件は報道されなかったんですか」

「クーガを調子づかせたくなかったので、箝口令《かんこうれい》を敷いて公表しなかった」

「しかし、その事件は警察内部とは関係ありませんよね」

「いや、私の帰宅ルートが漏れていたんだから、警察内部に漏洩者がいるのは間違いない」

「それが一度めですね。まだあるんですか」

「二度めは昨日だ。庁内でお茶に毒を盛られかけたよ。用心していたので、飲まなかったが」

「犯人は――」

「わからん。怪しい人間は何人かいたが、証拠がない。ともかく、その二度の事件を経て、須藤君に相談したのだ。警察内部のどこに敵がいるか、わからないからね」

「では、自宅で事件が起きて、逃げることにされたのは――」

「あのままいれば、パトカーで駆けつけた警察官に、君たちもろとも射殺されたかもしれない。あるいは、何を話しても聞いてもらえず、私が梅野君を殺したことにされるかもな。だいたい、事件が起きてからパトカーが到着するまでが早すぎた。本物のパトカーかどうかすら、怪しいものだよ」

それは、最上も考えていた。

長官と最上らが邸に到着し、二階で梅野の遺体を見つけるまで、十分ほどだ。その後すぐにパトカーのサイレンが聞こえてくるなんて、タイミングが良すぎる。

「警察庁長官が、警察の中で狙われるなんて、ふつうじゃないですよね。理由に心当たりがありませんか」

最上の質問に、長官は表情をあらため、首をかしげた。

「──悪いが、その質問に答えるかどうかは、保留とさせてくれ」

「長官、何もかも話していただかないと、助けようがありません」

「私も迷っているのだ。須藤君から、君たちのことは聞いている。君たちを信用していいこともわかってる。だが、情報を明かすことのインパクトを測りかねていてね」

──何のインパクトだ。

意味がわからなかったが、長官の決意が固いことも読み取れた。ごり押しするより、彼の考えが変わるのを待ったほうがいい。須藤が事情を知っているなら、責任をもって説明してもらってもいい。

「いいでしょう。──問題は、これからです。ひとまずここに隠れましたが、成算はあるんですか」

長官が視線を落とし、ため息をつく。

「成算などないよ。今後のことを考える時間がほしかったんだ」

命を狙われる可能性は考えていても、まさかこんな形で逃げ回ることになるとは、考えていなかったのかもしれない。

「永久に逃げ続けることはできません」

「もちろんだ。警察の地道な捜査を舐《な》めてはいけない。必ずここも探り当てるだろう」

「警察庁内部に、信頼できる人はいませんか」

長官に昇りつめるほどの男だ。腹心の部下だって、十本の指では足りないくらい、いることだろう。

「心当たりはあるのだが」

なぜか、長官はためらっていた。

「信用できるかどうか、わからないんですか」

「そうじゃない。――彼らを、こんなことに巻き込みたくないんだ」

梶と富永が顔を見合わせた。

「君たちをここまで巻き込んでおいて、部下は巻き込みたくないなどと、失礼なのはわかってる。だが、彼らには今後の警察を背負ってもらわなければならない。長年、手塩にかけた部下なんだ。こんな事件で、将来に傷をつけたくないんだよ。わかるだろう」

最上は答えかね、腕組みして長官を見つめた。

上司としては、立派な態度だ。当事者の部下が聞けば、感激するかもしれない。だが、警察内部にまったく協力者を持たず、この窮地《きゅうち》を脱することができるとは思えない。

「ですが、このまま逃げるだけでは、長官が殺人犯だと見なされますよ。まずは、逃げている理由を明らかにしなければ」

「声明でも出せばいいのかね」

半信半疑の様子で長官が首をかしげる。

もちろん、ネットを通じて声明を出すこともできるし、メディアに連絡してもいい。だが、長官が言うように、警察内部に彼を狙う人間がいるのなら、それらがことごとく無視されたり、反社会的とみなされ潰されたりする恐れもある。真犯人の好きにさせないためには、警察内部ににらみを利かせられる人間が必要だ。

「声明を出すにしても、警察内部の信頼できる誰かに、自分は無実だと説明しておいたほうがいいでしょう。長官が置かれた立場を、理解してもらうんです。結果的に巻き込むことになるかもしれませんが、相手がどうするかは、向こうの判断に任せませんか」

長官は顔をしかめ、考え込んでいた。

「警察内部での抗争を、公にするのもまずい。反社会的勢力を勢いづかせてしまう」

警察庁の内部で、長官派と対立する派閥が争っているなどという情報が流れるのはまずい。それこそ、クーガが聞けば大喜びだ。ということは、声明はなしだ。

「わかった」

長官がようやく、心を決めたように頷いた。

「ひとりだけに事情を話して、協力を頼もう。若いが、気骨《きこつ》のある後輩だ。どう動くかは、彼女の判断に任せる」

長官がメモした名前を見て、最上は目を丸くした。

＊

「私どもも、何が起きたのか皆目わからず、困惑しているんです」

どっしりした一枚板でつくったテーブルの上で両手を組み、上品な白髪の女性が言った。

ブラックホーク・ジャパンの副社長、杣谷《そまや》だ。日本法人の社長は、本国イスラエルの本社の部長を兼任しており、日本に来るのは年に数回と説明を受けた。日本法人の経営は、実質的にこの副社長がしきっている。

隣に腰かけ、不機嫌そうな態度を見せているのは、警備部長の丸安《まるやす》という男だ。ブラックホーク社の部長クラスは、ほとんどが元警察官僚だった。この丸安も、数年前まで警視庁の警備部長だった。ヒラの刑事に自分が事情を聴かれているのが、面白くないようだ。

とはいえ、夜の十一時に、本社で最上級幹部がふたりとも捕まるとは幸運だった。万が一の場合には、自宅まで押しかけるつもりだった。

「ひとつずつ、確認させてください」

寒川は丁寧に話しだした。

「速水長官の警護は、いつ、誰が、どのように依頼したんでしょうか」

オペロンにメモを取っている杣谷副社長の目に、かすかな動揺が走る。隣の丸安にちらりと視線を走らせ、困惑したように頷く。警備部長として警護に関する責任を負うはずの丸安は、その間、彫像のように微動だにしなかった。

「調べさせましょう」

――その程度のことも、彼らは把握していないのか。

「待ってください。これも教えていただきたい。今日、長官の警護にあたっていた四名のボディガードについて、住所と経歴を知りたいんです。携帯端末の番号、車やバイクのナンバー、現在位置の手がかりになるものなら、なんでもかまいません。すべて教えてください」

「――それも、現場の者に尋ねますので」

「その四人を、おふたりはご存じですか。お会いになったことは？」

「わが社の警備部門には、一万人を超える社員がおりますので」

杣谷副社長が、質問を封じようとするかのように、高飛車な雰囲気を漂わせて答えた。つまり、会ったこともなければ、会話したこともなく、四人の人となりを知らないのだ。

「失礼ですが、四人のボディガードをご存じの方はいらっしゃいませんか。その方とお話ししたいのですが」

　杣谷副社長と丸安警備部長が、顔を見合わせた。肩をすくめたかったようだが、かすかに肩先を上下させるだけで満足したらしい。

　丸安が、険《けん》のある表情でこちらを睨んだ。

「君、本当に失礼だな。だいたい、刑事がなぜ単独行動なんだ。ふたりで行動するのが基本じゃないのか」

「私の班は、単独班でしてね」

　丸安と険悪な雰囲気になった時、会議室のドアが開いた。

「遅れてすみません」

　仕立てのいいスーツを着た、銀縁メガネの男が入ってきた。まるで、五十年も昔の日本から借りてきたような、今どきにしては完璧すぎる洒落者だ。

「警備課長の須藤です。特殊警備隊は私の直轄になります」

　須藤は単刀直入に自分を紹介した。どうやら、ようやく中身のある会話ができそうだ。

「長官の警護は、昨日の夜、長官から私が直接、相談を受けました」

「長官から直接ですか」

「警察庁に奉職していたころ、お世話になった先輩なんです」

須藤がさらりと言い、丸安が含み笑いをした。なるほど、彼らのようなエリートは、寒川のような叩き上げとは世界が違うと言いたいわけだ。須藤は何も気にしていない様子で、話の先を続ける。

「我々にも守秘義務がありますので、長官からのご相談の内容については、長官の許可をいただくまでは控えさせていただきますが、相談内容を伺って、今朝から特殊警備隊を警護につけることにしました」

「SPがいるでしょう、長官の警護には」

「そのあたりの事情も、長官の許可をいただければお話しいたします」

だがその長官が、姿を消したままなのだ。寒川は身を乗り出した。

「ご存じのとおり、速水長官には、殺人の容疑がかけられています。可及的すみやかに、長官の居場所を知りたいんですがね」

「長官は殺人に関与していませんよ」

須藤が、見てきたように明快に断言するので、懐疑的《かいぎてき》に眉を撥《は》ね上げた。

「なぜそう言い切れるんですか」

「私にもまだ、警察内部の情報を教えてくれる人がいますからね。明日にも、検視の結果が出て、死亡推定時刻が絞り込まれるでしょう。そうしたら、詳細なタイムスケジュール表を作って、整理してみてください。長官がその殺人に関わるのは無理です。帰宅した時には、もう執事は殺された後だったんです」

「あなたはまさか、長官と連絡を取ったんですか」

「いいえ。事件の後は、まったく連絡がありません。今のところ、特殊警備隊とも連絡が取れません」

「しかし――」

「いいですか。もし、タイムスケジュール表を見て不可能だとわかってもなお、速水長官の容疑が晴れないようなら、何かを疑ったほうがいいということになります」

須藤の口調は穏やかで、淡々としているが、内容は過激だった。寒川は口をつぐみ、須藤の目をまっすぐに見つめた。彼は動ぜずこちらの視線を受け止めた。かすかに、頷いたようにも感じる。

――長官はハメられたと考えているのか。

寒川は咳払いした。喉に大きな石が詰まったようで、息苦しさを感じる。

「長官と至急、連絡を取りたいのです。そちらのボディガードが四名、長官に同行しているそうですが、彼らの詳しい情報を教えていただけませんか」

「全員、真面目な警備担当です。何をお知りになりたいのですか」

寒川が項目を並べ上げると、すぐに須藤がオペロンを操作し、こちらにデータを送信してきた。何もかも素早い男だ。こんな男が、自分の部下と、それもとびきり優秀な特殊警備隊の精鋭と、連絡が取れない状態で放置しているとはとても信じられない。

――会社の責任を問われないよう、意図的に連絡を絶ってるな。

この手の連中が考えそうなことは、百も承知だ。会見の礼を言いながら立ち上がり、ふと寒川は思い出して尋ねた。

「そう言えば以前、特殊警備隊の妹尾さんともうひとりの男性に、お会いしたことがありますよ。事件に絡んで、ある人を警護していたふたりを事情聴取した時にね。彼女たちはお元気ですか」

妹尾たちの持つ独特の存在感には、圧倒されたものだ。須藤の顔から表情が消えた。

答えがないまま、寒川はブラックホーク・ジャパン本社を出ることになった。気になって、オペロンで検索してみると、答えは意外にすぐ見つかった。

――意識不明の重体か。

半年ほど前にクーガと激突し、隊員一名が死亡、妹尾隊長が重傷を負って入院したとある。須藤の様子では、その後まだ回復していないのかもしれない。

警備の仕事も命がけだ。

本社を出るころには、すでに零時近かった。この時刻では、これから聞き込みに回ることもできない。

――今日は帰るか。

息子の泰典《やすのり》は、この春から高校生で、今はちょうど春休みだ。どうせ自宅にこもって、ゲームばかりしているのだろう。父親が帰宅しても、部屋から出てくることもない。

だがまあ、それも寒川の自業自得だ。

常に仕事を優先して働きづめだった、自分の四十年にわたる警察官人生を想うと、息子を叱れない。

＊

深夜の駅から出てくる人々のなかに、小柄だがきびきびとしたパンツスーツ姿の、ショートヘアの女性がいた。夜も遅いので、酒で顔を赤くした人間もいるなか、彼女は人形のように整った白い顔をしている。

ただ目的地に向かって歩いているだけのように見えるが、見る者が見れば視線はなにげなく四囲に配られ、隙がない。

車の中から見ていた最上は、オペロンを操作して相手の端末にメッセージを送った。女性がふと自分の端末に目をやり、こちらの車に近づいてくる。最上は後部座席の窓を半分下げた。隣に座った速水長官が、サングラスを鼻眼鏡にして女性が来るのを待っている。

「——やあ、長久保《ながくぼ》君。よく来てくれた」

オホーツク海の流氷みたいな目つきをした長久保玲子《れいこ》警視が、鋭く長官を見つめ、無言で助手席のドアを開けて乗り込んだ。

——あいかわらず怖《こえ》えな。

最上は窓を上げた。

「いったいこれは、どういうことなんですか、長官？」

長久保がバックミラー越しに、後部座席を睨んでいる。

長官が気骨のある後輩として名前を挙げたのは、長久保警視だった。長官と長久保は警備畑の出身で、以前は直属の上司と部下だったこともあるらしい。

彼女は現在、警視庁警務部人事第一課で監察官をしているという。いわゆる、警察官の警察——警察官の不祥事や内部犯罪を取り締まる部門だ。当然、仲間であるはずの警察内部とは馴《な》れ合わず、親しくもならない。

——長久保警視には向いているかもな。

最上はちらりとそう考えた。彼女は一匹狼だ。

いま長官が顔を出して外を歩けば、街頭の防犯カメラが顔認識であっという間に長官の居場所を割り出してしまう。特殊警備隊の四名だって危ない。氏名や顔写真は、当然のことながら警察に出回っているはずだ。

そのため全員がサングラスや帽子で顔を隠した上に、長官を車の後部座席に座らせて両国駅まで連れてきた。今の顔認識システムは、サングラスなどで顔の一部を隠していても、推論エンジンでほぼ人物を特定できてしまう。

長久保には、先に長官がメッセージを送っていた。部下の誰が敵に回ったとしても、彼女だけは大丈夫だと言わせるほど、長官の彼女に対する信頼は厚い。

「きっと来てくれると思ったよ」

「いま庁内はたいへんな騒ぎです。まず、何が起きたのか聞かせていただかないと」

「すまない警視。じっと停まっていると怪しまれるので、車を出させてもらう」

最上は断り、メイに合図して車を動かした。

とりあえず都内を流すようにと、メイには頼んである。彼女は主な防犯カメラの位置も熟知しているので、なるべくカメラに写らないルートを選んで走るだろう。

走りながら、長官がこれまでの事情を説明した。長久保はよけいな口を挟まず、要所、要所で疑問を感じた点について詳しい説明を求めた。彼女はなぜか須藤とブラックホークを毛嫌いし、天敵扱いしているが、肝の据わった人物なのは間違いない。

それでも、長官が話し終えたとき、長久保の茶色い目に浮かんでいたのは、戸惑いと困惑だった。

「何者かが、長官に殺人の罪を着せようとしていると言われるんですか」

「そうだ。私たちの手で、犯人を突き止めようと考えている」

「もちろん、長官は無実だと私も信じています。何かの間違いだと思っていました。ですが、逃げてしまわれたので、かえって立場が悪くなっています。よもや警察内部に長官を陥れようとしている者がいるとは、思いませんでしたが——」

長久保が唇を嚙み、キッとバックミラー越しに最上を睨んだ。

「よりによって、ブラックホークに助けを求めるなんて」

「長久保君。お姉さんのことは残念だが、須藤君を責めてもしかたがない。あの事件は、彼に責任はないよ」

「いいえ、須藤さんの責任です。姉があんなことになったのは、須藤さんのせいなんです。あまつさえ、ブラックホークのようなえたいのしれない企業に転職して、いちいち私たちの邪魔をするなんて」

何の話だかわからなかったが、長久保が須藤を憎んでいることはよく理解できた。警察庁時代の因縁があるのだろうか。

「長久保警視。この際、俺たちブラックホークの存在は、気にしないでくれ。問題は、どうすれば長官を窮地から救い出せるかだ。あんたの協力が必要だ」

「私は何をすればいいんですか」

「誰が長官を狙ったのかを突き止め、長官の無実を証明したい。具体的なやり方は、あんたに任せる」

長久保は、切れ味のいい刃物のような目で、最上を睨んでいた。もちろん、そうかんたんに承諾はできない案件だ。

「ひとつ、言っておきたいことがあります。すでに報道されていることですが、警察の統合システムが、つい先月から稼働しました。詳しいことは言えませんが、いつまでも監視システムから逃れているのは難しいですよ」

長久保は頭の回転が速い。長官が置かれた状況を瞬時に判断し、警告してくれたのだろう。

「ありがとう。なんとか考える」

「――何かわかったとして、連絡方法は？」

一瞬、最上はためらった。新しいオペロンを渡されている。長久保にこのアドレスを教えて、もし彼女が裏切れば、あっという間に長官ともども地獄に一直線だ。だが、誰かを信用しなければならないのもわかっていた。長久保警視に賭けるしかない。

オペロンのアドレスを渡すと、長久保は車を停めさせ、その場で降りた。駅からはだいぶ離れたが、気にしていない様子だ。

「やるだけのことはやってみます。ですが、期待はしないでください」

囁くように長官に告げ、さっと身をひるがえし、車から離れていった。

4

隠れ家として提供されたマンションには、人数分の寝袋と、ひと月程度はもちそうな飲料水や非常食が用意されていた。

あまり外に出るなという、須藤の意図を感じる。

ただ、長官は心臓の持病があるらしく、薬を飲み続けなければいけないのに、手持ちはわずかに一日分で、昨夜のうちに飲みきってしまった。かかりつけの病院には行けない。ブラックホークの提携する病院から、処方薬を出してもらい、今日中に誰かが届けてくれる予定だ。

何が起きるかわからないので、トイレと風呂場以外のドアは開け放ち、なるべくいつも他の人間の居場所と状態が見えるようにしている。特殊警備隊の四人は慣れているから気にならないが、ずっと他人と生活していると、長官は精神的に厳しいかもしれない。

「冷蔵庫に野菜があったので、ツナサラダにしてみましたよ」

若い梶が率先して朝食の支度をした。

「ここって、コーヒーが豆から淹《い》れられるようになってるんですよ。絶対、須藤課長の趣味ですよね」

梶の言葉に、最上は思わず苦笑いする。須藤には秘書がいて、課長室では須藤がひとこと頼めば、いつでも豆から挽いた最高級のコーヒーが飲めるのだ。

顔を洗い、タオルで拭きながらやってきた長官に、食卓の椅子を引いてやる。メイと富永は、先に来てオペロンでニュースを漁《あさ》っているようだ。

「長官、そう言えば、昨日の長久保警視の話はいったい何だったんですか」

「——話？」

何を尋ねられたのかと、長官が戸惑っている。まだ顔が眠そうだった。心労と慣れない寝袋と他人の気配で、よく眠れなかったのだとしても無理はない。

「お姉さんのことは須藤に責任があると、言ってましたよね」

ああ、とようやく得心したようだ。

「君たちには、話しておいたほうがいいかもしれないな。長久保君のお姉さんは、須藤君の婚約者だったんだ」

初めて聞く話に、全員が顔を上げる。

「姉の長久保遥子《ようこ》、妹の長久保玲子。歳は三つ離れていたが、双子のようによく似た姉妹でね。しかも、ふたりとも警察庁に入り、警備畑を歩いていた。遥子君は、SP時代の須藤君の部下でもあった」

「部下と婚約を？」

「婚約のすぐ後に、須藤君のほうが異動で別の部門に出る予定だった」

仕事以外には興味のない、がちがちの堅物かと思っていたが、案外そうでもなかったらしい。

「だが、そんなときに海外の大臣を狙った爆弾テロが起きてね。須藤君は無事だったが、彼の近くにいた部下のSPがふたり犠牲になり、遥子君も重傷を負った。彼女はまだ意識が戻らず、病院で生命維持装置につながれて、ようやく命を長らえている状態だ」

初めて聞く須藤の過去だった。婚約者がいたことも意外だったが、まさかそんな悲劇をくぐり抜けてきたとは思わなかった。

「事件の後、須藤君は警察庁を退職し、ブラックホークに入ったんだ。引き抜かれたというもっぱらの噂だし、それも事実なのかもしれないが、彼の本心としては、責任を感じていたんだと思うね、婚約者の遥子君に」

それで長久保警視は、あんなに須藤を毛嫌いし、ブラックホークに敵対意識を抱いているのか。彼女の言葉がいちいち腑《ふ》に落ちる。

「この件は、長久保君と協力態勢を敷くうえで、君たちが知っておいたほうがいいと思うから話したが、私が教えたことは須藤君には内緒だよ。彼にとって、あまり嬉しい話ではないのだからね」

——なるほどね。

地雷を踏むなというわけだ。

ただ、長久保と須藤の間にどんな過去があるにせよ、自分たちは粛々と仕事を進めるだけだ。そこに私情を挟む余地はない。それは、須藤課長も同じだろう。

「——少しいいですか。長官のご自宅の殺人事件について、ニュースで気になる情報が流れてます」

メイが穏やかだが決然とした声で割り込んできたので、最上はむしろホッとした。オペロンで流れているニュースを、白い壁に投影させる。そこに、長官の家のメイドが証言する様子が映っていた。つまり、彼女は無事だったのだ。

『そうなんです。旦那さまがボディガードのふたりと二階に上がっていって。しばらくすると、二階から梅野さんの悲鳴と、「梅野、きさま」という旦那さまの怒鳴り声が聞こえてきたんです』

食い入るように映像を見つめる長官の顔には、驚愕の色が浮かんでいた。

「――まさか、奥村さんが」

おとなしそうに見えたが、あのメイドが長官を裏切っていた。あるいは、彼女が梅野を殺した真犯人かもしれない。

「長官、心配はいりません。長官はあの時、ずっと『梅野君』と呼んでいましたよね。そういうことは、ちゃんと周囲が記憶しているものです。彼女は『梅野』と、まるで長官が彼を呼び捨てにしたように語っていますが、長官を知る人なら、それがまず嘘らしく聞こえるでしょう」

長官をなだめながら、特殊警備隊の面々に、何か気づいたことがないか尋ねた。

「彼女を雇ったのは、誰かの紹介ですか」

メイが尋ねる。

「いや。前に勤めていたメイドが辞めて、紹介所に頼んで探してもらったんだ。紹介されたのはほとんど外国人だったが、彼女だけ日本人でね。言葉に不安があったので、妻が彼女に頼むことにした」

「彼女が長官を裏切る理由について、思い当たる点はありませんか」

メイは聞きにくいことでもズバズバ尋ねる。長官は困ったように首をかしげた。

「いや、正直に言うが、特にないよ。ひょっとすると、私がメイドにセクシャルハラスメントをしたのではないかと疑っているのかもしれないが――」

「いえ、特に思い当たる点がないのなら、最初からスパイとして潜り込んだ恐れがあると思っただけです」

長官が、ぐうの音も出ずに黙り込んだ。明らかに衝撃を受けていて、それは思い当たる節があるからだろう。

「彼女を雇い入れたのは、長官に就任された後ですね」

「そうだ。就任の半年後だった」

その頃から、長官の行動は逐一《ちくいち》〈メイド〉を通じて監視され、何者かの意に沿わないと判断された今、その何者かは彼を排除すると決定をくだしたのか。

「――信じられん。彼女は、私の家族のそばにずっといたんだぞ」

どれだけ危険な状況だったのか、ようやく気づいて愕然としている。

それに、長官の飲み薬が引き出しから消えていたのも、メイドの仕業だと考えれば納得がいく。長官は、脱出の際に必ず薬を持ち出そうとするだろうし、なければ捜すために時間を取られるはずだ。うまい手だ。

「最上君、本当に、家族は無事なんだろうね。まだ連絡を取ってはいけないのか」

「手配した隠れ家の通信が、完全に秘匿できているかどうか、チェックしています。通信可能になれば、連絡が入りますから。連絡を取ることで、長官とご家族のどちらかが危険にさらされるようなことがあってはいけません。ウイークポイントになる恐れがあります」

ソファに腰を沈ませたまま、頭を抱える長官を、最上はなだめた。

──なんだか信じられんな。

自分は鉄砲玉的な性格で、他人をなだめたりする柄ではないと思っていたのだが、曲がりなりにもチームリーダーになってしまえば、こんな役割も引き受けねばならない。

「長官。昨日お伺いした時には、何が起きたのか心当たりはあるが、それについて話すのは保留させてくれとおっしゃいましたね。そろそろ、お聞かせ願えませんか。長官の命にも関わることです」

もはや、様子を見たいだの保留したいだのという、長官の臆した言葉に唯々諾々と従う気にはなれない。

長官がため息をついた。

「君たちには話してもいい。話さざるをえないと覚悟を決めた」

「では」

「ただし、話す時には須藤君の同席を求める。彼にも関わる話なんだ」

最上は、メイと目を見かわした。

「わかりました。ただ、警察は我々が長官と一緒にいることを知っていますから、当然ながら、須藤は警察にマークされているでしょう。ここに来させるのは危険です」

「では、通信でもいい。話の内容を、須藤君にも聞いてほしいのだ」

須藤は、現時点でこちらと直接、言葉を交わすことを避けようとしているのだが。

——どうにかなるか。

ブラックホークの本社なら、通信の相手と内容を暗号化するくらい、朝飯前だろう。技術的な問題は、本社サイドに任せるしかない。

「では、ひとまず浅井隊長に報告し、指示を仰ぎます」

最上が席を立ち、部屋を出る間際、長官が呟く声が聞こえた。

「須藤君には大きな借りがある。今さら返しようもない借りだが」

ソファのそばに立つメイが、じっと長官の肩に視線を当ててるのが見えた。

＊

「それじゃ、昨日は長官自身がＳＰの警護を断ったんですな」

寒川は驚きを隠し、電話の相手に念を押した。警備部警護課長の安藤《あんどう》が、「くどい」とにべもない返事をよこす。

昨日、長官はブラックホーク特殊警備隊の警護を依頼した。終業後、ふだんならＳＰが自宅まで送り届けるところ、昨日はブラックホークに任せるので必要ないと指示された。また、長官の自宅には、警察が二十四時間の警備を敷いていたが、昨日はそれも長官の指示で解除されていた。昨日から、長官の妻子が軽井沢の別荘に行き、自宅を留守にしていたからだ。警備の警察官たちは、妻子とともに使用人も軽井沢に行くと聞いていたので、事件を知らされ驚いていたらしい。

そして、軽井沢の別荘とは連絡が取れない。

――なぜだ。

電話を切り、寒川は手帳に書き込んだメモを睨んだ。

長官は、なぜＳＰの警護を断ったのか。

普通に考えれば、SPとの信頼関係が壊れたからだろう。民間企業を頼ったほうが安全だと考えたのだ。

警察庁長官が――全国におよそ二十九万人いる警察官のヒエラルキーのトップにいる人間が、部下であるSPを頼れないと考えた理由は、いったい何だ。

家族を軽井沢にやったのは、そのほうが安全だと考えたからだ。長野県警に頼み、軽井沢の家族の様子を見に行かせたが、別荘は空っぽだった。別荘の内部は特に荒らされた様子もなく、整然と引き揚げたように見えたそうだ。

「軽井沢に同行するはずだった執事の梅野とメイドは、なぜ自宅に残っていたんだろうな」

メイドは、長官の妻が残るように指示したと証言していた。長官の身の回りの世話をする人間が必要だからと言ったそうだ。その言葉を裏付けるものは、今のところない。

携帯しているオペロンに、鑑識からのメッセージが届いていた。刑事たちの中には、ひとりも味方のいない寒川だが、鑑識やコンピュータ職といった技術屋の中には、相手になってくれる人間がいないこともない。きっと、寒川の、あまりの機械音痴ぶりが見ていて面白いのだろう。

鑑識に頼んだのは、梅野が殺された正確な時刻と、長官を乗せたブラックホークの車が長官の自宅に到着した正確な時刻だった。

メールには興味深いことが書かれていた。

執事の梅野は、健康に気をつかって、心拍数や血中酸素濃度を計測するブレスレットを、腕にはめていた。そのせいで、心拍が停まった正確な時刻がわかったそうだ。

また、長官を乗せた車は、GPSで常にブラックホーク本社が位置と時刻を記録していた。

つまり、どちらも正確な時間がわかる。

梅野が殺されたのは、長官が自宅に戻る二十二秒前だった。

（長官がその殺人に関わるのは無理です）

ブラックホークの、切れ者の課長の言葉が耳に蘇る。彼はまるで、事実を知っているかのような口ぶりだった。

ブラックホークが警護に使っていた車とバイクは、渋谷の裏通りに路上駐車されていたところを警察が発見した。乗っていたはずの長官と、四人のボディガードは見つからず、今のところ行き先の手がかりもない。

――誰かが梅野を殺し、長官に罪を着せようとしたのか。

それなら、メイドの証言は大嘘だったということになる。

（『梅野、きさま』という旦那さまの声と、争ってもみ合うような激しい足音が）

詳細で真に迫る証言だった。現場にいた警察官も信じただろう。メイドが偽証したのなら、理由はひとつだ。

――彼女が梅野を殺したか、真犯人を知っていて長官に罪を着せようとしたのだ。

「――なんとまあ」

自分はいつの間にか、予想外にとんでもない事件にくちばしを突っ込んでいたようだ。

寒川の指は、知らぬ間に〈旭光〉のメダルをまさぐっていた。

「この結果を、公安第五課長にも転送してくれ」

自分が直接報告すると、課長は嫌がらせに握りつぶすかもしれない。だから、鑑識課員から報告を上げさせることにする。

――執事の梅野が、健康オタクで助かったな。

同時に、梅野がそんなブレスレットをつけていることに気づかなかったとは、メイドもたいした暗殺者ではないということだ。

メイドからもう一度話を聞き、証言の嘘を崩さねばならない。だがそれは、鑑識の報告を受けて、公安第五課の他の班がやるだろう。寒川が手を出せば、また越権行為だの、抜け駆けだのと文句を言われる。下手をすると、自分が引きだした証言が採用されなくなる恐れもある。それはまずい。

長官は、自分の身辺に危険が迫っていることに気づいていた。それが、「内側からの」危険だと察しもつけていた。だから、SPを断ってブラックホークに頼んだ。

──さて、どうするか。

しばし迷った後、寒川は鑑識からの報告書を、ブラックホークの須藤課長に転送した。本来は規則違反だ。

事件の時間差に気づいていたらしいブラックホークがどう反応するか、興味があった。待っていると、すばやく須藤からメッセージが届いた。

『ありがとうございました』

──それだけか。

苦笑いし、オペロンをポケットにしまう。須藤は、なかなか食えない男のようだ。

食えないと言えば、長官と同行している四名のボディガードも、須藤から送られてきた履歴書などを見ると、なかなかの面魂だった。男性が三名、女性が一名。

なかでも驚いたのは、最上光一という男だ。

高校時代、〈火の玉《ファイアボール》〉とあだ名されるアマチュアボクサーだった。驚いたのは、最上が〈ベストキッド〉由利数馬《ゆりかずま》の親友で、由利が傷害致死罪で刑務所に入るきっかけになったケンカの現場に、彼もいたからだ。

──由利数馬。

後に、フラッシュと呼ばれるようになったクーガのナンバー2だ。半年前の事件で、ニードルと共に事故死したと噂されていた。だが、ニードルが生きていると考えられる以上、由利だってどうなったかわからない。

最上は、由利の事件の現場に居合わせた後、タイでキックボクシングをやっていたそうだ。そこでブラックホーク社にヘッドハンティングされたと書かれている。

クーガのナンバー2と親友だった男が、今はクーガの天敵、ブラックホークに雇われている。しかも、警察庁長官の警護を担当し、すぐそばにいる。

――それは、あまりにもきな臭くないか。

ボディガード四名の写真を見る。

この写真は公安第五課にも届けられ、東京の防犯カメラが同じ人物をキャッチすれば、すぐ警告が発せられる予定だ。その警告を待つしかないのだろうか。

寒川は、ガリガリと頭を掻《か》き、立ち上がった。待つのは苦手だ。

――長官が気づいた、「内側からの」危険。

なぜ彼は、自分の身に危険が迫っていると考えたのか。それを調べてみるべきだ。

（タイムスケジュール表を見て不可能だとわかってもなお、速水長官の容疑が晴れないようなら）

須藤課長の言葉が、耳元に蘇った。彼は、とんでもない予言をしたのだろうか。背中に、気持ちの悪い濡れタオルが貼りついたような、嫌な気分がした。

5

「私は大丈夫だ。たとえどんな報道がされても、心配せずに待っていなさい。ブラックホークを頼りにしていいから」

長官が、画面の向こうの夫人と子どもたちに語りかけている。軽井沢の別荘にいた三人を、ブラックホークの別動隊が安全確保し、ヘリコプターで夜のうちに東京に連れ戻してかくまっている。場所は最上たちにも秘密だったが、ブラックホークが都内に持つセーフハウスのひとつだろう。要人警護のさなかに、とっさにプリンシパルを隠す必要がある時などに使われている。もちろん、一度利用したセーフハウスは、二度と使えないから処分される。

夫人は涙ぐんでいたが、家族の安全を確認し、長官はようやく安堵したようだった。

『いつまでここに隠れてないといけないの』

大学二年の長男は、細面の生真面目そうな青年だ。大学の講義もあるため、本心ではセーフハウスを出たがっているようだが、父親の職業と家族の安全にかかわることと説得を受け、我慢している。

「亮彦《あきひこ》、すまないな。まだはっきりとは言えないんだ。しばらくいてもらうことになるかもしれない」

長男がため息をついた。

『しかたがないね。警察庁長官なんだし』

長女は母親の隣に座り、不安げに身体を母親に寄せている。

「家族にまで迷惑をかけていると思うと、申し訳ないよ」

通話を終えた後も、長官がしんみり話している。一日、二日で音を上げられては困る。真犯人を捕らえて事件を解決するまで、いつ帰れるともしれないのだ。

最上たち四名は、昨日からずっと、夜も交代で起きて監視を続けている。このセーフハウスは安全だとはいえ、万が一、寝込みを襲われた日には目も当てられない。

インターフォンが鳴った。

メイがこちらに頷きかけ、応答する。

『お届け物です。浅井さんの指示で、一階の郵便受けに入れておきます』

「了解」

インターフォンの画面に、ブラックホークの制服を着た若い女性が映っている。長官の持病の薬を運んできたらしい。このマンションは、外で暗証番号を入力して、玄関の自動ドアを開けるタイプだ。あるいは、来客の場合には、インターフォンで内部の知り合いを呼び出し、内側から暗証番号を入力してもらう。中に入ると、エントランスにはちょっとした待合わせや打ち合わせにも使えそうな応接セットや、各戸の郵便受けが並んでいる。

メイが中から暗証番号を入力した。

「下行って、取ってきます」

新人の梶が、率先して部屋を出て行く。

最上は、窓から周辺道路の様子を窺った。宅配便のトラックが停まっている。犬を散歩させる年配の女性もいる。特に変わった様子は見られない。薬を郵便受けに届けた女性が、すぐにまたマンションを出て行く。

五分も経《た》たないうちに、紙袋を抱えて梶が戻ってきた。すぐさまメイが、紙袋に盗聴器や追跡装置がついてないことを調べている。

「助かったよ。薬がないと不安でね」

長官が紙袋の中身を確認し、ホッとした様子になった。狭心症《きょうしんしょう》の発作を起こしたことがあり、血管拡張薬を処方されて飲んでいるそうだ。

「――おや。何かメモが入っている」

長官がつぶやいた。最上は彼が紙袋から取り出した紙片に目をやった。

＊

話を聞きたいと言って、面会の約束を取りつけたのは、速水長官の補佐をする男性だった。

民間企業なら、秘書とでも呼ぶところだ。

「公安第五課の方には、昨日もお話ししたんですが」

色白で細面の、警察官にしては華奢な体格の男性が、迷惑そうに言う。

「申し訳ありません。昨日の連中とは、係が異なるものですから」

寒川はぬけぬけと言って、応接室で手帳を開いた。今どき、紙の手帳にメモを取る人間が珍しいのか、補佐の木津《きづ》という男性がまじまじと手元を見ている。

「単刀直入にお尋ねします。長官は、ごく最近、庁内で身の危険を感じるようなことがありましたか」

「そりゃ、あったでしょう。クーガに狙われてるんですから」

「警察庁長官は、誰がなろうと常にクーガの狙撃リストのトップに来ていますが、具体的に被害があったんですか」

「一週間ほど前にね。帰宅途中に狙撃を受けました。幸い、車が防弾ガラスで」

「――ニュースになりませんでしたね」

「長官が止めたんです。クーガが調子に乗るからと。でも、捜査はしていたはずですよ。公安第五課の仕事でしょう」

――聞いてない。

もちろん、自分は公安第五課の中で疎外されている。自分が知らないだけかもしれない。

寒川は、応接のソファで身を乗り出した。

「昨日から急に、長官がSPの警護を断った理由が気になるんです。何か、思い当たる節はありませんか。SPの誰かともめていたとか、何か疑っていたとか」

木津が、冷ややかにこちらを見た。

「SPはそちらのお仲間でしょう。いったい何を疑っているんですか」

「疑ってるわけじゃない。長官が警護を断る理由をご存じなら、教えてください」

しばらく、木津は黙っていた。

「――長官を誹謗《ひぼう》していると受け取られると、困るんですが」

――そら、来た。

こんなふうに誰かが口を開く時は、要注意だ。話したくて、話したくてしかたがなかったというサインだ。

「長官は、近ごろ急に、他人に対して疑い深いことをおっしゃるようになりましたよ。不思議に感じていたんですが、ひょっとするとあれは、何かの病気かもしれませんね」

「病気？」

「つい数日前には、お茶の色と臭いがおかしいと言われましてね。大騒ぎでした。私が毒でも盛ったと思われたんでしょう」

「そのお茶は、分析して調べたんですか」

「まさか。茶葉が古かっただけでしょう。すぐ捨てて新しいものを淹れました」

ひょっとすると木津は、長官が若年性の認知症にでもなり、被害妄想を起こしていると言いたいのだろうか。警察官なら、すぐにお茶を調べるべきだった。自分が疑われたのなら、寒川ならそうする。

そう指摘したかったが、寒川は素知らぬ顔で黙っていた。木津という男、見かけよりずっと、食わせ者かもしれない。

「まあ、私がそんな気がしただけです。素人の言うことですから、聞かなかったことにしてください」

木津があっさり引き下がったのも、印象操作としてはうまいやり方だ。

「長官は、なにか持病でもありましたか」

「狭心症の薬はずっと飲んでおられましたよ。五年前に、軽い発作を起こしたんです」

そんなことも知らなかったのかと言いたげに、木津が肩をすくめる。かかりつけの病院と、主治医の名前も聞きだした。

「狙撃を受けた日と、昨日のSPの体制を教えてもらえますか。もし、一週間前から昨日までの、名簿があればありがたい」

何か言いたそうだったが、木津は素直に端末を操作し、寒川のアドレスにデータを送ったと言った。

――長官は、警察庁内部にいる人間が自分を狙っていると疑っていた。

それも、身近なSPや補佐官をだ。

木津からの聴取を終え、警察庁を出てすぐ電話したのは、梅野が殺された時刻を調べてくれた鑑識課員の岡田《おかだ》だ。

『電話は困るよ、寒川さん』

岡田がそういうのも当然だ。今どき、オペロンの通話機能なんて、家族か恋人以外に使うことはない。

「今朝、教えてくれた犯行時刻の件だ。公安第五課長に転送してくれたか」

『したよ。したけど、梅野のブレスレットは、時計が狂ってたんだろうって言われたんだ。引き続きの調査は必要ないそうだ』

「――課長がそう言ったのか」

愕然とする。漠然と感じていた恐れが、現実のものになったようだ。ブラックホークの須藤は、速水長官が殺人犯でない証拠が出ても、警察は長官を犯人として追うと予言していた。その通りになった。

背筋に冷たいものが走る。

「わかった。この件は忘れてくれ」

鑑識の岡田にそう伝え、通話を終えた。この件に、岡田をこれ以上、巻き込んではいけない。そんな直感が働く。へたをすると、命に係わる問題になる。岡田が調査した結果は、自動的に鑑識のシステムに情報として登録されている。いざとなればそれが使える。

念のために、寒川はいったん公安第五課の部屋に戻り、岡田の調査結果を紙に印刷しておくことにした。今や、警察内部で紙の報告書など出回ることはほとんどないが、旧時代の遺物めいたプリンターが、まだ数台は残っているのだ。

ごわつく紙の束を、いかにもつまらないもののように丸め、自分の鞄に放り込む。

証拠を残しておかなくては、やつらは勝手に文書を削除してしまうかもしれない。それだけは避けたい。

胸元のペンダントを指でまさぐった。

――〈旭光〉だ。

長官は、〈旭光〉に狙われたのだ。警察内部に巣くう、謎の組織。何年も彼らを追い続けた寒川にしか理解できない直感だ。彼らでなければ、警察庁長官を罠にかけるような、大がかりな真似をできるはずがない。

――長官は、殺されるぞ。

次に心配なのはそれだ。長官はブラックホークと逃げている。無実の自分にかけられた疑いを晴らそうとしているのだ。警察官として、自分がやってもいない罪に問われることほど、腹立たしく悔しいことはない。

この事態を見越して、長官はブラックホークに警護を依頼していた。

ふいに、丹野の死に顔が目に浮かび、寒川は狂おしい激情が胸に迫るのを感じた。何年たっても腑に落ちない。なぜ丹野は、あんな死に方をしなければならなかったのか。撃ったのはクーガのニードルだが、そもそも丹野が、あの状況に追い込まれたのはなぜなのか。

少し考え、日比谷公園に向かった。

意気の上がらない曇り空だが、鳩やカラスはいつもと同じようにのんきな顔でエサをついばんでいるし、ベンチには時間をもてあました高齢者が腰を下ろし、どこかうつろなまなざしで鳥たちを眺めている。その間に混じり、苦手なオペロンを操作する。

寒川は公安第五課の異端児だが、まだ情報へのアクセスは遮断されていない。というのも、彼はこれまでほとんどオペロンを利用してこなかったからだ。どこからでも、いつでも、捜査の最新情報を取得することができる、魔法の端末。使わなければただの電話だ。

警視庁専用ネットワークにリンクし、指紋と虹彩認証を求められる。オペロンを目に近づけたりしなくとも、自動的にカメラが寒川の目を認識し、拡大写真を撮影して、警視庁に登録されている生体データと照合する。昔のようにパスワードを要求されていれば、寒川のような忘れっぽいタイプは困り果てていただろう。

公安第五課が抱える案件の中から、苦労して速水長官邸での殺人事件にたどりつく。最新情報を表示させる方法を探すのに苦労したが、やり方が理解できると、意外とかんたんだった。第五課のメンバーが、それぞれ入力した報告書が、自動的にここに集約されている。重要な情報とそうでないもの、課長らが重要視しているものがひと目でわかる。

――いいじゃないか、これ。どうして今まで、使わなかったんだ。

丹野が聞けば、目を剝いて笑っただろう。

ざっと、報告書のサマリーに目を通していく。長官と、ブラックホークの四名は、今のところ防犯カメラに写っていない。彼らは賢く、警察の捜査手法やシステムを熟知している。きっと、どこかに息をひそめているのだ。

最新の報告が一件、寒川の目を引いた。

『速水長官は、処方薬を持たずに逃げている』

例のメイドの証言だ。梅野を殺して逃げる際に、長官は狭心症の処方薬を持たずに出たと言っている。

——そんなことがありうるかな。

寒川は首をかしげた。この年齢になるとわかるが、長官の年齢なら、自分の健康問題には若い頃よりずっと敏感なはずだ。特に、狭心症などという重篤な症状の処方薬なら、逃げると決めれば必ず持ち出したはずだ。

処方薬を忘れて出たのではなく、持ち出せなかったのではないか。たとえば、メイドが隠していたのかもしれない。

——どこまで、〈旭光〉の手が及んでいるのか。

第五課長は、速水長官が梅野を殺せたはずはないという、重要な証拠を採用しなかった。つまり、〈旭光〉側だ。いまだ、容疑者としてメイドから事情聴取していないことを見ても、それは間違いない。

「――処方薬か」

長官は、できるだけ早く薬を手に入れたいはずだ。警察が監視しているので、かかりつけ医には行けない。ブラックホークなら、病院ともつながりがある。そうだ、以前、事情聴取した男が、ブラックホーク社が手配した病院で、体内に埋められた盗聴器を外す手術を受けたと証言していた。

――あれは、豊洲の総合病院だったな。

当時の事件の内容とは無関係だったので、寒川は病院の件を報告書に書かなかった。つまり、公安第五課のメンバーは知らないはずだ。

寒川は、オペロンをポケットに戻し、立ち上がった。

＊

長官宛に届いた薬の袋には、コピーされた紙が一枚、入っていた。

『殺されたのは到着の二十二秒前だった。至急、連絡請う。寒川』

メールアドレスの代わりに電話番号が書かれたメモを見たのは、最上も久しぶりのような気がする。

明らかに、長官に向けたメッセージだ。執事の梅野が殺されたのは、長官が自宅に到着するより前だった。それを自分は知っているると言っているのだ。

長官が、寒川という名前に心当たりはないというので、浅井隊長にメモの内容を知らせ、調べてもらった。

──公安第五課の寒川班長。

なんでも、ブラックホークにも事情を聴くためにひとりで現れたそうだ。

『須藤課長が、この男は味方になりそうだと言っている』

浅井が言った。連絡を許可されるとは思っていたが、味方になりそうだと言われるとは予想外だ。

「長官は面識がないそうだが」

『ノンキャリの警部補クラスを、みんな覚えてるわけじゃないだろう。寒川警部補は、クーガに殺された丹野警視の相棒だった』

スピーカーで聞いていた長官が、丹野警視という名前を聞いて、顔色を変えた。死んだ時は警部補だったが、二階級特進で警視だそうだ。

「丹野の──」

「ご存じなんですか」

無言で頷く。

『寒川警部補は、公安第五課では異色の存在だ。丹野警視の死後、誰とも組まない。ひとりで寒川班を背負い、捜査している。成績はいい』

それは、おかしな男だ。チームワークで犯人を逮捕する警察官が、たったひとりで捜査して、しかもいい成績を上げているとは。

浅井隊長は、寒川の番号が、警察から貸与されたオペロンではなく、プライベートの端末のものだと調べていた。警察のオペロンで行われた通話や通信は、すべて録音、あるいは盗聴されている恐れがある。

寒川の個人端末は、そのどちらもされていないとのことだった。

「――話してみますか」

長官の様子を窺う。迷いは短かった。

「話したい。丹野の最期を知る男なら」

最上のオペロンから、メモに書かれた番号にかけた。こちらの番号は、向こうにわからないように隠している。スピーカーモードにして、部屋にいる全員に会話が聞こえるようにした。

『もしもし』

初老の男性の、低い声がのんびり応答する。これが、寒川という公安刑事だろうか。

「二十二秒について聞きたいんだ」

最上がまず話しかけた。

『残念なことに、課長はそれを証拠採用しなかった』

「どういうことだろう」

『最初から、犯人は決まっているということだな』

「あんたはどう考えているんだ」

『俺は俺だ。悪いやつを捕まえるだけだ』

淡々としている。だが、彼は事件の背景をよく理解していると感じた。個人名を出さないのも、事件の重要性を知っているからだ。

「このメモはどうやって入れた?」

『病院のことは知っていた。薬局に行き、ある薬を処方した時には、このメモを入れて患者に渡すよう頼んだ。捜査の一環だと』

「えらく大勢に渡ったんじゃないか」

『そうでもない。一日に数人から数十人しか、その薬を出してないそうだ』

なかなか、危ない橋を渡る刑事のようだ。最上は苦笑した。

長官に「どうする？」と視線で尋ねると、彼は頷いて身を乗り出した。

「君は丹野の最期を知っているね」

寒川が、意外な名前に驚いたように黙る。

「この回線は安全だ。君と話せることを嬉しく思うよ」

『この事件は、丹野の件と関係があるんですか』

「直接はない。間接的にはある」

寒川が息を呑んだ。

『――〈旭光〉』

今度は、長官が黙る番だった。彼らは何かを抱えている。とてつもなく大きな秘密だ。互いに相手の懐を探りながら会話しているような、奥歯にものが挟まったような喋りかただった。寒川という刑事が、速水長官を本気で信用しているのかどうか、それすらも怪しいような気がした。

メイが、自分のオペロンを見た。着信している。部屋の隅に行って小声で会話した後、戻ってきた。

「浅井隊長から」

「なんだ」

「殺人容疑で、速水長官の逮捕状が出た。私たちにも犯人蔵匿《はんにんぞうとく》の疑いがかけられている」

――いよいよか。

いつ逮捕状が出てもおかしくなかったが、警察庁長官という肩書を考慮して、まる一日、様子を見ていたのだろう。

長官は、メイを見つめ、寒川と通話中のオペロンを見つめた。

「真犯人を捕まえるのに、協力してくれるか」

『それが俺の仕事ですから』

答えはあっさりしている。

「わかった。信頼できる人間から、君の番号に電話させる。そちらと話してくれ」

『了解しました。緊急で連絡したいことができた場合、どこに知らせればいいですか』

「その人物に知らせてくれ」

通話が切れた。長官の言う「信頼できる人間」とは、長久保警視のことだ。これで、警察にふたり、こちらの協力者ができた。

――だが、防犯カメラを恐れて、まったく外出できないのも困ったものだな。

持久戦になりそうだ。万が一の場合を考えて、顔を隠して外に出られるよう、必要な装備を手に入れたほうが良さそうだった。メイを呼んで、その相談を始めたとき、最上のオペロンが鳴りだした。長官の家族をかくまっている、セーフハウスからだった。

『あなた、あなたが梅野さんを殺したって本当なの？』

ニュースが流れたのか、長官の奥さんが慌てた様子でかけてきたのだ。五十過ぎの、穏やかそうな女性だが、軽井沢から突然、見知らぬ男たちに囲まれて東京に戻され、不安なのか、表情が疲れている。

セーフハウスの警護を担当するブラックホークの社員は、彼女に押し切られたのだと弁解していた。警察庁長官としての職務上、逆恨みを受けて家族を狙われる恐れもあるからと、隠れ家に身を潜めさせているのだ。自分の夫が殺人犯だなどと、思いがけないニュースを見れば、逆上するのも無理はない。

「言っただろう。何を聞いても、今は私を信じて、心を強く持っていてくれ」

『でも――』

「心配いらない。ちゃんと考えて行動しているから。そちらも、ブラックホーク社の指示に従うんだ、いいね。彼らに任せておけば、正しく身を守る方法を教えてくれるから」

それからふいに、思い出したように尋ねた。

「そう言えば、梅野君と奥村さんに、別荘に同行せず自宅に残るように指示したかい？」

『私が？』

奥さんが、困惑したように言葉をとぎれさせた。

『奥村さんが、あなたの食事の支度をして、後から別荘に向かうというので、私たちは先に出たの。彼女は車の運転ができないから、梅野さんも残ってくれたの』

やはり、という言葉を長官が呑み込む。

犯人はあの奥村というメイドで間違いない。計画的に、住み込みのメイドとして長官の家に現れ、三年も猫をかぶって長官の動静を観察していた。そして、梅野を殺して長官を犯人に仕立て上げた。

彼女にそれを命じた人間がいるはずだ。どこかに、必ず。

6

オペロンが振動している。

——午前五時。

この仕事に就いてから、最上は端末がバイブレーションして空気を震わせる音だけで、目が覚めるようになった。

「——はい。最上」

別の部屋から、メイが無表情に顔を見せている。彼女も振動音に反応したのだ。寝起きのはずなのに、もうカーキ色のワークパンツと、ランニングシャツを着こんでいる。

相手は、長官の家族を預かるセーフハウスの警備担当だった。顔中に汗をかいている。

『申し訳ありません。長官の息子さんが、セーフハウスから抜け出しました』

「――いつだ」

『三十分も経ってないと思います』

――思いますだと。

しかし、彼を叱責してもしかたがない。

昨夜、長官の逮捕状が出たというニュースが流れると、家族の、特に長男の様子がおかしくなった。父親が梅野を殺したりするはずがないと言い、自分も父親を助けてそれを証明したいと思いつめた様子で言っていたそうだ。彼は大学で法学を勉強しており、卒業後は父親と同様に、警察庁に入りたいと言っていたらしい。そんな息子だから、父親への嫌疑が許せないものに見えたのだろう。

「すぐ捜して、連れ戻すんだ。浅井隊長には俺から報告する。新しいセーフハウスが必要になるかもしれない」

長官の家族らの顔写真も、防犯カメラで探されているかもしれない。長官を殺人犯に仕立て上げた奴らは、家族をどんな風に利用するかわからない。危険だ。

「みんなを起こして、いつでも出られるように用意させてくれ」

メイが頷き、すぐ動き出す。隣の部屋で寝ている梶と富永も、すでに気配で目覚めているようだ。

浅井に状況を報告して、長男を捜すために人手を追加してほしいと頼んだ。メイに起こされた長官は、最初は眠そうだったが、息子が消えたと聞かされると、ショックで目が覚めたらしい。

「長官、息子さんがこんな場合に立ち寄りそうな場所はありませんか」

ソファに座って頭を抱えていた長官が、ふと顔を上げた。

「――自宅に戻ったんじゃないだろうか。事件の真相を調べたいと思ったのなら、現場を見ようとするはずだ」

――こんな時に、探偵ごっこをするつもりなのか。

家族をウイークポイントにしないために、わざわざかくまったのに、それがかえって仇《あだ》になったかもしれない。

浅井隊長に、話を伝えて待つ間も、長官はそわそわしていた。

「――子どもたちまで巻き込んでしまうとは」

「長官、今はそれを考えてもどうしようもありません」

「だが、いったいいつまであの子たちを閉じ込めておける？　あの子たちにも生活がある。学校に行かなきゃいけないし、人生があるんだよ」

「そんなに長い間にはならないと思います」

長官が黙り込む。

彼が何を考えているのか、最上には察しがついた。読心術を使えるわけじゃない。これまで大勢のクライアントと接し、こんな際には多くの親たちが、いっそ自分が表に出ることで、子どもを自由にしてやろうと思い詰めがちなのだと知っただけだ。

長官もきっと、自分が警察に出頭すれば、子どもたちを自由にできるのではないかと、頭の中で天秤《てんびん》にかけているはずだ。

「長官、警察に出頭するにしても、それは今ではありません」

最上は静かに説得した。長官が暗い目でこちらを見る。

「まだ材料が足りません。寒川刑事が言ったように、長官が犯人でないという客観的な証拠があるにもかかわらず、公安第五課長すらそれを証拠として採用しなかった。警察内部に、長官の敵が大勢いるということです」

自分が頂点に立っていた組織には、敵ばかりだった。そう言われても、長官は反発しなかった。まるで、そんなことはとうに知っていたかのようだ。

浅井から着信があった。

『自宅のそばで、座って眠り込んでいるのを見つけた。驚いたが、ただ疲れて眠っているだけのようだ。いったんセーフハウスに連れて帰り、念のため医師にも診せる』

「良かった。警察に見つからなかったか」

『時間が早いせいか、警察官は誰もいないようだ。助かった。念のために、新しいセーフハウスを用意して、ご家族を移動させる予定だ』

「すまないが、息子と話をさせてもらえないか」

眠っていたと聞いて不安になったのか、ガウン姿の長官が、横から頼んだ。

『申し訳ありません。少し状況が落ち着いて、安全を確保した後に、おつなぎします』

元警察官の浅井は、情に流されない。こういうところも、妹尾の跡を継いで隊長に選ばれた理由なのだろう。

「――まだ、たったの二日なのに、永久に近い時間、ここで過ごしているような気がするよ」

通話を終えた後、長官が天井を仰いで目を覆った。いつまでこの状況が続くのか、先が読めない。たった二日でも、疲れがたまっている。常に追跡に怯《おび》えなければいけない。

「長官。お疲れだと思いますが、ここは我慢が必要です」

「いつまで我慢すればいいんだろうな」

「まずは真犯人と証拠を押さえましょう。そうすれば、反撃できる」

「――奥村さんか。調べれば、彼女が犯人だとすぐに判明すると思っていたが、寒川刑事の話では、事実や証拠が隠蔽《いんぺい》され、無視されているようだね」

どれだけ科学的なデータが証拠として提出されても、捜査する人間がそれを認めようとしないのなら、証拠の意味をなさない。

長久保警視と寒川刑事が頼りだが、彼らふたりだけで間に合うかどうか。

「奥村の身柄を押さえたいですね」

だが、ブラックホークが彼女を訊問しても、その結果が証拠として採用されなければ意味がない。

――さて、どうするかな。

最上はガリガリと頭を掻いた。正直、こんな役割は自分には荷が重い。自分は現場のリーダーだ。こんなことは、須藤課長が考えるべきことだ。

新人の〈ロック〉こと梶が、目覚ましのコーヒーを淹れて持ってきた。

「パンもなくなったので、朝食はシリアルになりますよ」

「何でもいいさ」

富永は、気になるのか、カーテンの隙間から窓の外を覗いている。そろそろ、空が明るんできた。

「――〈マングース〉。様子がおかしい」

最上のコードネームを呼んで、〈ビリー〉富永が手招きした。窓越しに路上を見れば、この早朝に、何台も車が集まってきている。無線のアンテナが立っているところを見れば、覆面パトカーのようだ。私服の警察官たちが、車から降りてこのマンションに入ろうとしている。

「バレたのか」

「理由はわからないが、そのようだ」

「メイ、長官を頼む。ロック、ビリー、逃走経路を確保するぞ」

寝巻にガウン姿の長官が、あたふたと着替えを始めた。ブラックホークのメンバーは、即座にヘッドセットを身に着けた。制服は目立つので着用できない。みんな、シャツにジーンズなどカジュアルな私服だ。

――部屋番号まで特定されただろうか。

そうでなければ、少しは時間が稼げる。こんな場合に備えて、逃走経路も策定済みだ。

「ロック、エレベーターの動きを見ていてくれ。上がってくるようなら声をかけろ。ビリー、階段の様子を見てくれ」

セーフハウスは十一階にある。このマンションは地上十五階建てだ。ふたりが廊下の様子を確認し、さっと二手に分かれる。

オペロンをここに残していくべきだったが、そうするとヘッドセットの通信機能も失われる。脱出後に処分するしかないだろう。

「メーデー、メーデー。こちら〈マングース〉。建物を囲まれたので、脱出する」

浅井隊長に緊急メッセージを送り、最上も廊下に出た。静まりかえっている。

『エレベーターは二階で止まりました。下から順に訪問しているようです』

『階段には人の気配がない。静かだ』

富永の報告を聞き、最上は長官とメイを手招きした。

「なるべく静かに動いてください。階段で屋上に上がります」

警察官として長年勤務している人だけに、いざとなると行動は早い。メイが長官とともに富永に続き、最上と梶がしんがりを務め、階段を上がっていく。足音を殺すため、急ぐことはできない。十四階にたどり着くころには、長官の息が切れてきた。

『こちら〈スカー〉、警察か？』

浅井から折り返し、音声通話が入った。

「そのようだ。逃走経路に向かう」

『わかった。救援を送る』

警察は、マンションの一階出入り口をふさいでおけば、逃げられないと考えているはずだ。だが、このマンションにはユニークな特徴があった。

「こちらへ。なるべく姿勢を低くして」

ふだんは鍵で閉鎖されている屋上に出る。鍵を開けるのはお手の物だ。十五階建ての屋上から見る眺望はみごとだが、それは問題ではない。最上は、道路にいる警察官たちから見えないよう姿勢を低くして、上水のタンクやエレベーターシャフトなどを迂回し、マンションの裏側に回った。裏側には、ほぼぴったりと隙間なく、別の古いマンションが建っている。建蔽率ぎりぎりまで利用して建てた、古い時代の名残りだ。ただし、裏のマンションは十四階までしかない。

下を覗きこむと、段差は三・五メートルほどあった。

「先に私が」

メイが身軽に柵を乗り越え、壁に手をかけて飛び降りる。身長を引けば、差は二メートル弱だ。怪我をするほどではないが、長官には念のためロープで下りてもらった。

『車が五分以内に到着する』

浅井が知らせてくる。

屋上に出る階段には、やはり鍵がかかっていた。昔は屋上で洗濯物を干すこともあったはずだが、今はみんな自室の洗濯乾燥システムだ。鍵を開け、中の様子を窺って、そろそろと階段を下りていく。十二階まで下り、廊下に出た。

「長官とメイ、ビリーはエレベーターで行ってくれ。俺とロックはこのまま階段で行く」

長官の速度に合わせると、車を待たせることになりそうだ。裏のマンションのエレベーターは小さく、せいぜい乗って四人だ。梶とふたりで階段を駆け下りる。

『マングース。車が行ったぞ』

「了解」

最上たちが一階のロビーに駆けだした時、ちょうどエレベーターが一階に到着した。

「こっちだ」

マンションの前に、七人乗りの白いミニバンが停まっている。サングラスをかけた、ひげ面の中年男が運転席に座っていた。慌ただしく車に乗り込みかけ、最上は全員のオペロンを回収して、マンション前の植え込みに隠した。警察が何を頼りに居場所を見つけたのかわからない以上、もう持っていけない。

フロントガラスと運転席の横の窓以外は、暗いスモークガラスになっている。外からは見えない。中年男が口笛を吹きながら車を出した。

「オペロンは、一台だけ替えを持ってきたよ。グローブボックスにあるだろ」

言われて、最上はそれを自分のヘッドセットとリンクさせた。

「マングースだ。無事に合流した」

『了解。別のセーフハウスに案内する』

――なんとかなったようだ。

ホッとした空気が、車内に流れた。

「――生き返った気分だな。いったいどうやって、あの場所を見つけたんだろう」

長官が安堵の声を上げた。問題はそれだ。警察はブラックホークが契約する全端末の通信を監視することにしたのだろうか。寒川刑事に尋ねてみたいが、寒川との通話が原因になった可能性もある以上、うかつに動けない。

「――検問を敷いてやがる」

ふいに、運転役が緊張した声を出した。

前方に、長い車列ができている。早朝だが、市場に向かうトラックや、通勤の車も含まれるようだ。幹線道路で検問を敷き、何としても長官を逃がさないつもりなのだ。

早く気づいたのを幸い、運転役が左折して脇道に入った。

「別の道から出られるか」

「やってみる」

マンションとオフィスビルに挟まれた、狭い道路を走り抜け、片側二車線の京葉道路に出たとたん、再び運転役の手が止まる。

「くそ。こっちもか」

こちらにも検問が敷かれていた。

「まさか、すべての道路に検問を敷くなんて――」

検問から充分離れた場所に停め、運転手が絶句する。マンションを捜索するだけではなく、ここまで手を打ってくるとは。

両国は、西側を隅田川、南を竪川《たてかわ》という人工河川に囲まれている。西に出るには両国橋を渡るしかなく、南に出るにも竪川をむすぶいくつかの橋を渡らねばならない。さらに北側をJR両国駅が押さえているので、彼らは東側に出ようとしていたのだった。

「どうする」

メイが周辺の様子を見ながら尋ねる。

「――俺たちの誰かが、車を降りて囮《おとり》になる手かな」

ブラックホークの四名も、顔写真をもとに追跡されている。車を降りて顔を見せれば、警察はそちらを追うだろう。

「検問がすべて解かれるとは思えないが、手薄にはなるかもしれない」

富永が顎を撫でながら言う。

「それなら、僕が行きます」

梶が手を挙げた。

「一番、新米です。一緒に行っても、役に立つかどうかわかりませんし」

しばらく考え、最上は首を横に振った。

「ダメだ。新人に危険は冒させない。俺が行く」

万が一、警察に捕まった場合に、経験の浅い梶が、うっかりよけいな情報を漏らしてしまう可能性もある。

「勝算は？」

メイが尋ねる。最上は頭を掻いた。

「まあ、勝算と言えるほどのものじゃないが、車をもう一台、調達できればな」

オペロンとヘッドセットのリンクを解除し、メイに渡すと、彼女はそのままオペロンを富永に渡した。

「私も行く」

「おい――」

「車を調達するなら、任せてもらう」

――忘れていた。彼女は、乗り物に関してブラックホーク一と自負しているのだ。

「――わかった。ふた手に分かれよう」

メイと最上は、他の車を借りて――盗んでとは言いにくい――検問を挑発する。〈ビリー〉

富永と〈ロック〉梶は、最上らが警察官の目を自分たちに引きつけている間に、長官を連れてこの車で検問の外に離脱する。成功すれば、最上らも離脱する。

――まあ、最後のは成功率が低そうだが。

「ビリーは、俺たちが出たら隊長に連絡して、状況を説明してくれ。検問の外に離脱した後、救援を送るよう頼むんだ」

「了解」

富永が、軽く緊張の面持ちで、オペロンを自分のヘッドフォンにリンクさせている。メイがドアに手をかけた。

「私が先に降りる。さっき、通りすぎた道路の脇に、三十年前に廃番になった国産車が停めてあった。あれはエンジンを直結できるから、先に乗り込んで準備をしておく。マングースは、三分たったら降りて、検問を挑発して、私がいる車まで走ってきてくれ」

「了解」

通りすがりに車の車種までしっかり見ているとは、さすがに抜け目のないやつだ。

スライドドアを開け、帽子で顔を隠したメイが、するりと降りて、悠然《ゆうぜん》と元きた道を引き返していく。最上は腕時計で三分を測った。

「よし――行くぞ。俺がこっちに戻るまでに、車の場所を移しておいてくれ。ビリー、長官をよろしく」

心細げな表情の速水長官を残していくのは、少々気が引ける。富永と梶が、力強く頷いた。サングラスをかけ、最上も車を降りた。これでほんの数秒から十数秒、顔認証で最上本人だと割り出すまでの時間が稼げるはずだ。スライドドアを閉めるよう、身振りで合図する。内側から、富永が閉める。

ごく普通の、マンションとオフィスビルが並ぶ通りだ。このあたりは、赤穂浪士の討ち入りで有名な、吉良上野介邸があった場所だ。高層ビルは少なく、七階から十階程度の中層マンションなどが多い。東京も場所によっては、老朽化したビルに売春婦や覚醒剤の密売人、依存症の患者などがたむろしているが、このあたりは公園も多く、落ち着いた雰囲気を残している。

今どき、本当の金持ちはプライベートヘリでビルとビルの屋上を行きかうので、車でそのへんを走っているのは、中流以下の連中ばかりだ。それでも、このあたりを走っている車は手入れが行き届いていて、傷やへこみも少なく、何より、運転している人間の表情が明るい。歩いている人々もだ。

こんな土地を歩いていると、目つきの鋭すぎる自分が悪目立ちしているのではないかと、不安にもなる。

急ぎ足で、検問が行われている交差点に近づいた。パトカーが三台停まり、片側二車線の道路は、一車線がふさがれている。紅白の三角コーンが並び、「検問中」と書かれた看板の横で、制服姿の警察官らが、一台、また一台と通行する車を停め、運転手の免許証を確認し、車内を改めている。

――東京中のパトカーを借り集めたわけじゃ、あるまいな。

いまや、東京都にもカネはない。警視庁の予算も切り詰められ、人員削減が著しいのだ。一一〇番に通報すれば、五分以内にパトカーが到着すると言われた治安の良さも、今は昔の話だ。ブラックホークなど、民間の警備会社が重宝されるのも当然だった。

交差点の信号機には、ほぼすべて防犯カメラが装備されている。削減された人員を補うのは、カメラの映像やスマホの位置情報などビッグデータをもとにした、人工知能による解析だ。

最上は、気楽な通行人を装って交差点のそばまで行き、ちらりとサングラスを下げて、目を見せた。

ほんの一瞬で良かった。

警察官らの端末から、ピリピリと警告音が鳴り始める。最上はそれと同時に、踵《きびす》を返して元きた道に戻った。警察官が端末を覗き、手配中のブラックホークの警備員が目の前にいることに気づき、大騒ぎで「あいつだ」と指を差すころには、駆け足になっていた。

――どこだ、メイは。

駆け抜ける最上とぶつかりそうになり、通りすがりの男性が慌てふためいて避《よ》ける。

――メイ！

百メートルほど前方に停めた、メタリックシルバーの乗用車の運転席から、白い手首が出て親指を突き上げた。車の排気管から灰色の煙が出ているのを見て、納得する。あれで車検を通ったとは信じがたいが、なるほど古い車のようだ。

オリンピックに出られるんじゃないかと思うほどのスピードで走り抜け、乗用車の助手席に飛び込むころには、背後からパトカーのサイレンと、「止まりなさい」というスピーカーの呼び声が聞こえてきた。

ものも言わずにメイがアクセルを踏む。

サイレンの音で、反射的に左に寄って停車する車をいいことに、矢のようにまっすぐ、彼らの右側を通過する。道は一方通行だ。

「無理するな、メイ！　長官が無事に脱出できれば、それでいいんだ」

メイが無言でハンドルを握っているのが、気になるところだ。

――こいつ、逃げ切るつもりだな。

彼女も少々、自信過剰の傾向がある。

後ろからだけ聞こえていたサイレンが、前方からも聞こえてくる。いちはやく、メイの手は交差点で強引に右にハンドルを切った。急ブレーキを踏んだ対向の直進車が、スピンして交差点をふさぐように停車する。大型トラックだ。行く手を遮られたパトカーが、スピーカーで「そこから退《ど》いてください」と怒鳴っている。停まってしまったトラックの運転手は、窓を下げてメイに怒鳴り、クラクションを鳴らしまくっている。パトカーから慌てて降りた警察官らが車を退かせようとするが、その警察官にまで食ってかかっているようだ。目深に野球帽をかぶった頭しか、最上には見えなかった。

何事かと、歩道には野次馬が鈴なりだ。

再び、前方からもサイレンが聞こえてきた。四方八方から、挟み撃ちにするつもりだ。

「メイ、もういい。そろそろ停まろう」

メイが、ルージュを引かなくても紅《あか》い唇を、ぎゅっと噛んで、左に曲がった。回向院《えこういん》が右手に見えた、その時だった。

「——何だ、あれは」

前方から、黒ずくめの雷神が吹っ飛んできたのかと思った。

異様な唸りを上げるエンジン音が、真横を通過していく。真っ黒なバイクに、黒ずくめの男がふたり乗っている。前の男は大柄な体軀《たいく》で、黒いヘルメット、黒革のつなぎを着て、しっかりとバイクを御している。後ろの男は同じ服装だが細身で華奢な身体つきをして、アサルトライフルをかまえていた。

「——いぃやっほうー！」

頭のてっぺんから突き抜けるような奇声を耳にして、顔を見ずとも後ろの男の正体がわかった。

——ニードル！

空牙《クーガ》の狙撃手、ニードルだ。針の穴をも通す魔弾の射手、元警察官と言われるクーガきってのはみ出し者だ。

「あいつ、生きてたのか！」

振り向いて、後ろの窓からニードルの姿を確認しようとしたが、黒いバイクはもう、染みのようにしか見えなくなっていた。

背後から、フル・オートマチックで撃ちまくる音が聞こえてくる。その阿鼻叫喚も、どんどん遠ざかる。

「どうしてクーガが、俺たちを助けるんだ⁉」

メイは左にハンドルを切った。パトカーのサイレンなどものともせず、竪川の橋を突っ切って、清澄白河方面に逃げようとしている。ふいに、どこから湧いて出たのか、黒ずくめのバイク集団が現れ、最上らの乗る車の前方と後方に分かれてついた。まるで、最上らを逃がすまいとしているかのようだ。

――こいつら、俺たちを拉致する気か！

ブラックホークは、クーガの天敵だ。これまで何度も、彼らのテロを阻止し、狙われた企業や個人を救ってきた。半年も生死不明だったニードルが生きていたとは驚きだが、これを機会にブラックホークの特殊警備隊を叩き潰しにきたのだろうか。

――ニードルが生きているのなら、まさかあの男も――。

予感が胸をよぎり、無理やりそれを抑え込む。そんなことを考えている余裕はない。

前方にパトカーの車列が見えた。橋をふさぎ、彼らを通すまいとしている。

すぐ前にいる一台のバイクが、ブレーキを踏んだ。右腕を斜めに出しているのは、停まれと言っているのだろう。乗っているのは、ニードルにも負けずほっそりした身体つきの、若い男のようだ。

「——メイ。停まれ」

直感で、バイクの指示に従い停車させる。

前方にいる他のバイクが、いっせいに猛然と前に走りだした。統制の取れた動きだった。

クーガがこれほど整った動きをするのは、見たことがなかった。

彼らは、竪川に架かる橋をふさいだ警察官らを、バイクで翻弄していた。追い詰められ、焦った警察官が次々に欄干を飛び越え、川に飛び込んでいく。物理的に道路をふさぐパトカーには、バイクを降りた奴らが駆け寄って、力任せに移動させたり、ひっくり返したりしている。

最上らの前にいたバイクの男が、さっと右手を挙げた。出発の合図だ。

——こうなれば、俎板の鯉だな。

「前のやつに、ついて行こう」

最上はそう指示を出した。

メイも、度胸の良さは半端ではない。顔色ひとつ変えず、車を出す。クーガの集団に、たったふたりで対峙していることも、彼女を怖がらせてはいないようだ。

つい先ほどまで、機動的に自分たちを追っていたサイレンの音は、今や分散し、攪乱《かくらん》されているようだった。気がつくと、彼らを取り巻くようだった黒ずくめのバイクも、一台、また一台と消えていき、荒川を渡って葛西臨海公園の近くに来た時には、先導のバイクのみになっていた。

先導は、公園の駐車場には入らず、行き過ぎて小学校のそばでウインカーを出し、停車した。メイもそれに倣《なら》い、ハザードランプをつけて停まる。

相手が何を企んでいるのか、さっぱりわからない。先導のバイクは、そのまま動かない。しばらくすると、後ろからやはりバイクに先導された車輛が近づいてきた。先導しているのは、先ほどのふたり乗りのバイク――ニードルたちだ。車輛は、最上が脱出させようとした、速水長官を乗せた白のミニバンだった。運転手の引きつった顔が見える。

「――あいつらもか」

最上たちの前にいたバイクの男が、やっと動いた。バイクを降り、ヘルメットを脱ぐと、中からひとつに束ねた黒い長髪が流れ落ちる。顎から首筋にかけて、赤くよじれる炎のような、大きな火傷《やけど》の痕が真っ先に目に入った。やはり、若い男だ。どう見ても、二十代半ば以上ではないだろう。だが、妙な落ち着きと、貫禄を感じる。

男がじっとこちらを見た。降りてこいと言うように、小さく頷いている。

最上は、一瞬メイと視線を交わし、用心しながら車を降りた。他の敵が潜んでいるようには見えない。小学校からは、校庭で遊ぶ子どもの声すら聞こえてくる。

気になるのは、後ろにバイクを停めたニードルたちだが、ライフルはベルトで背負っているようだ。念のために持っているグロック17の存在を意識する。

「安心してほしい。子どもが近くにいる場所で、銃を撃たせたりはしない」

赤い火傷痕の男が、よく通る声で言った。

――この男、「撃たせる」と言ったな。

まるで、ニードルより自分が格上のような言い方だ。最上は戸惑い、男を見つめた。顔立ちは整っているが、平凡であまり記憶に残らなさそうだ。それなのに、奇妙に印象的なのは、まっすぐな強い光を帯びた双眸《そうぼう》のせいだった。

「――あんた誰だ」

最上の問いに、男が微笑んだ。

「それは俺から答えてやるよ、最上」

ふいに背後から、聞き覚えのある――いや、懐かしい感傷すら覚える太い声が響いてきた。

振り向くのに、恐れを感じた自分を嫌悪する。あの男は、激しいカーチェイスの末、ニードルとふたりで川底に沈んだはずだった。

いや、もちろんわかっている。

ニードルが生きていたのなら、あの男も生きていたのだ。

「由利――」

最上はゆっくり振り向いた。

由利数馬――ボクサー時代の通り名は〈ベストキッド〉。今はクーガのナンバー2、フラッシュとも呼ばれている。

「しばらくだな」

由利はバイクにまたがり、ヘルメットを脱いでいた。ぶ厚い胸板と、獰猛《どうもう》に盛り上がる腕の筋肉が、変わらぬ近況の証明のようだ。今も、獲物の隙を窺うような目をしている。

最上は、相手にかける言葉を探しあぐねていた。十代のころの親友であり、ライバルだ。だが、つい半年前に、ブラックホークと死闘を演じたのもこの男だ。そのために張は帰らぬ人となり、妹尾は今も病院で意識が戻らない。

憎いのかと問われれば、憎いと答えるだろう。まぎれもなく、クーガは敵だ。

「積もる話は後回しだ」

由利がさらりと話題を本筋に戻した。

「紹介しよう。彼が俺たちのボスだ」

指さすほうを最上が振り返ると、火傷痕の青年が頷いた。

「帰国早々、ブラックホークと会えるとは嬉しいね」

テロリスト集団のボスには、とても見えない。ごく普通の青年のようだ。

「僕はマギ。コンピュータで、ちょっと面白いことができる魔術師だよ。君たちに大事な話があるんだ」

マギと名乗った青年が、穏やかに微笑んだ。

7

「乗って。早く」

突き刺すような声とともに、すぐそばに停まった車の後部スライドドアが開いた。

寒川は、運転席を素早く透かし見て、さりげなく後部座席に乗り込んだ。車で来るとは考えていなかったので、今までずっと、周囲の歩道や混雑する渋谷駅前を見やり、今夜ここで会う約束の相手を捜していた。

「動いているほうが停まっているより怪しまれないから、少し走ります」

運転席の女性は、しばらく黙って車を運転した。寒川はおとなしく座ったまま、窓越しに街の様子を眺めているしかない。

——長久保玲子警視。

速水警察庁長官が、信頼できる部下から接触させると言ったのは、彼女のことだった。ショートヘアにほっそりした愛らしい顔だちだが、美人とか可愛いとか、女性に囁くと一般的に喜ばれそうな言葉を言ったとたん、嚙み殺されそうなくらい厳しい雰囲気がある。

「今朝、両国で大捕物があったそうですね」

長久保警視が言った。首都高速に乗り、流れに合わせて運転していれば良くなったので、会話を始めることにしたのだろう。

「大捕物の予定でしたがね。結局、獲物は一匹も網にかからなかったらしい」

寒川は内心、大笑いしたい心境だった。

警察庁が開発し、警視庁が導入した新しい監視システム〈ケルベロス〉が、速水長官は、八十七パーセントの確率で両国のとあるマンションに潜伏していると警告を発した。

寒川にはそのあたりの詳しい事情はよくわからないが、最近仲良くなったオペロンを駆使して公安第五課の報告書を読みあさったところ、〈ケルベロス〉はブラックホークの警備員の動きをモニターしていたらしい。

ある警備員が、本人や家族に持病などないにもかかわらず、豊洲の病院で心臓病に関する薬を入手し、その後、両国のマンションに短い時間だけ滞在した。そこに、薬を届けたのではないかというのが、〈ケルベロス〉の分析だ。

寒川が驚くほど、〈ケルベロス〉は進化を遂げている。

ところが、両国のマンションを包囲し、ひと部屋ずつ確認したところ、長官とブラックホークの警備員らは、すでに脱出した後だった。近辺の主要道路に検問を敷き、彼らを確保しようとしたが、ブラックホークの警備員がひとり、交差点の防犯カメラに写ったため、検問の警察官らが、一部そちらに殺到した。そこに、どういうわけかクーガと思われるバイク集団が参戦し、大混乱のうちに長官一味は逃げきったというわけだ。

「――速水長官がクーガと通じていたのかと、五課はてんやわんやしてます」

寒川の報告を、長久保は小さく鼻であしらった。そういうしぐさは、可愛らしいと言えなくもない。

「クーガは、単にお祭り騒ぎが好きなだけかもしれない」

寒川もそう思う。特に、ニードルの生存が確定した今となっては、血に興奮するあのお祭り男が、争乱の匂いに引きつけられたと思えなくもない。

「長官から、あなたを信用していいと言われました。だけど、逃走中の人から信用していいと言われてもね」

長久保の鋭い視線が、バックミラー越しにこちらを見つめている。寒川は困り、もぞもぞとシートで尻を動かした。どういうわけか、若い女性が苦手なのだ。もっとも、寒川の場合、若い男性も苦手なのかもしれない。自分の息子すら扱いかねている。

「私も、警視を信じていいかどうか、決めかねています」

「――お互いさまってわけね」

またしばらく、沈黙が落ちた。長久保は何か考えている。

「あなたの経歴を見た」

「はい」

「何年か前、超優良企業のリーダーたちが、大昔の殺人事件を隠蔽しようとして、次々に殺された。あの事件を解決した刑事さんね」

「――まあ、そうです」

「なのに昇進もしていない」

「ええまあ。そこは大事なポイントじゃない」

「相棒の丹野刑事がクーガに撃たれて死んだから？」

「そんなところです」

「でも変でしょう。あなたの経歴を見ると、完全に五課で干されている感じ」

「人望がないんです」

「真面目に話して」

寒川はため息をついた。いつかは、度胸を決めて、何もかも話さなければいけない時が来るとは思っていた。自分ひとりで〈旭光〉と対峙するのは無理だ。仲間が必要だ。

喉元に手を当て、シャツの中に隠れていた、〈旭光〉のメダルを引っ張り出す。

「丹野が死ぬ直前、くれたメダルです」

長久保が、ちらりとメダルに視線をくれる。特に反応はない。ほっとした。

「今まで、誰にも話したことはありません。私は、警察内部にカルト的な組織が存在すると考えています。このメダルは、組織の構成員が持つマークです」

「丹野刑事も、そのカルトにいたの？」

「間違いないですね」

だが、丹野がカルトにいたのは、何か理由があったのだろうとも思う。狂信的な気配などない、しごくまっとうな男だった。

「そのカルトのことを、詳しく話して」

「ええ、私が知るかぎりのことをお話ししましょう」

寒川は、説明を始めた。

＊

「お目にかかれて光栄です。速水長官」

マギが優雅に会釈する。

──無理やり連れて来たくせに、光栄も何もないものだ。

そうぼやきたくなるが、最上は黙って長官のそばに立った。万が一、クーガの気が変わって、長官に危害を加えられては困る。今回の仕事は、一に長官の自由を守ること、二に長官の安全を守ることだ。

メイと後ろの車の運転手は、もしもの時のために車に残り、最上と富永、梶の三人で長官を警護している。相手も、マギと由利、ニードルの三人だ。

「──君が、噂に聞くクーガの魔術師《マギ》か。予想以上に若い人のようだね」

長官は車から降り、興味深げにマギを観察している。最上は、周辺の防犯カメラが気になったが、マギは気にした様子もなく、こちらに微笑みかけた。

「大丈夫。このあたりは現在、防犯カメラがすべて機能しない状態になっている。ここに来るまでの道のりも、肝心な場所のカメラが機能しないように細工しておいたから、警察庁が誇る新システム〈ケルベロス〉も、今のところ我々の位置を掴んでいない」

――なるほど、これがマギの魔術か。

舌を巻くしかない。

最上が日本に戻り、ブラックホークに入社した時には、すでにマギの姿は国内から消えていた。だから、目の当たりにするのは今回が初めてだ。

「とはいえ、〈ケルベロス〉が防犯カメラの不具合に気づくまで、それほど長くはかからないでしょう。さっさと話をしましょう」

「君たちは、なぜ私たちを助けてここに？」

長官は豪胆だった。クーガの幹部三人を相手にしても、平然と会話を続けている。

マギが、どことなく面白がっているような笑みを口元に漂わせた。

「私たちの利害が一致したからです」

「利害とは何か、具体的に教えてくれないか。なにしろ私は、これまで長い間、君たちの暗殺対象リストの上位に挙げられてきたのでね」

「あれは撤回しますよ。あなたは〈旭光〉と対立しているようだから」

長官が息を呑むように黙り込む。

──また〈旭光〉だ。

寒川刑事も、その名前を出していた。長官もそれに、今と同じように反応していた。〈旭光〉とは、いったい何だろう。

「君たちまで、〈旭光〉を知っているのか──いや、そうか。クーガには彼がいたな」

長官がニードルを振り返る。

ニードルは、由利のバイクから降り、ヘルメットも脱いで、ふざけて長官に手を振った。あいかわらず、女性的なほど美しい容貌で、真っ赤な唇はグロスでも塗ったように──あるいは誰かの血を飲んできたばかりのように──つやつやしている。

マギが頷く。

「ニードルから話は聞きました。しかし、彼は組織の下部にいるヒットマンだった。上層部から命令を受けるだけで、全体像については、よく知らないんです」

「〈旭光〉の全体像なんて、私も知るもんか」

長官がため息をつく。

「それどころか、知っている人間はひとりもいないだろうね」

「しかし、あなたには少なくとも、連絡を取り合う仲間がいたはずです。組織を運営するために。我々は、〈旭光〉について知りたいんです」

長官の迷いは、最上の目にも明らかだった。彼は、〈デーモン〉須藤課長と連絡が取れるなら、事件の背景について、詳しいことを話すと言っていた。意外な相手が登場したので、今それを口にすべきかどうか、心を決めかねているのだ。

マギの視線が、ブラックホークの警護部隊と速水長官の上を行き来した。

「東都重工、パームジャパン、パートナー電工、シンドー製薬」

いきなりマギの口から飛び出した社名には、ここ数日のうちに、何度も耳にした覚えがある。それぞれの社長や役員が、暗殺されたのだ。一昨日、狙撃された東都重工の等々力社長で四人めだった。

「四人とも、俺が撃ったんだよなあ！」

ニードルが高らかに宣言する。クーガの犯行声明は出ていたが、実行犯はニードルだったのか。最上は肩越しに得意げな彼を振り返った。

「この四人は、みんな〈旭光〉の幹部でした」

速水長官は、マギの言葉にもたじろがない。

「もちろん、長官はご存じでしょうね」

「――――」

「こう言ってはなんですが、次は長官を狙う予定でした。あの事件が起きていなければ」

「――ちょっと待て」

彼らの会話についていけず、驚きを隠して聞いていた最上は、ついに言葉を挟まずにはいられなくなった。

「何の話をしているんだ？　クーガは〈旭光〉とかいう組織の幹部を狙い撃ちしているのか？　長官を狙うということは――」

続く言葉を口にするのをためらい、最上は唇を噛んだ。

長官とマギの視線が、こちらに集中した。追い詰められ、どうしようもなくなったと言いたげに、長官が眉を八の字に下げ、肩をすくめる。

「そうだ。私も〈旭光〉の幹部だった。つい最近まではね」

＊

衆議院議員選挙の投票日まで、あと二日だ。

山浦敏則は、選挙カーの屋根に立ち、新宿大ガード下にひしめく聴衆を見渡していた。二千人ではきかないだろう。やや離れた広場やビルの陰も含めれば、三千人近くは集まっているようだ。みな、日の丸の小旗をうち振り、山浦の発声を待っている。

この年齢になっても、山浦はいまだ政治家としては「若手」と呼ばれていた。だが、選ぶ政党を間違えなかったおかげで、今や財務大臣、文科大臣、防衛大臣を歴任した幹事長として重用され、総理の椅子にもっとも近いとも言われている。

外見など、いくらでも若くできる時代だが、有権者が安心して投票できるのは、「四十代以上に見える男性」だという研究がある。山浦もその研究に従い、四十代後半くらいに見えるよう、髪と肌を整えている。むしろ、本来の年齢が垣間見えるのは、動作だった。なるべく若々しく見える身体の動きを心掛ける。

集まった聴衆は気づいていないだろうが、半径百メートル以内にある防犯カメラは、警備担当者によれば三百五十台あまりにのぼるそうだ。さすがに、その数を聞いて山浦は失笑しかけたのだが、これらはすべて必要なものだという。少なくとも、設置したマンションや商業ビルの管理者、テナントのオーナーらは、必要だと考えているのだ。それとは別に、フェイクのカメラも存在する。外見は「防犯カメラっぽい」のだが、ただのモックアップだ。

防犯カメラの映像の多くは、通信回線を介して、映像を監視するセキュリティ企業に送信されている。現在、防犯カメラの映像を自動的に分析監視する企業は、国内に十一社あり、うち三社がシェアの九十二パーセントを占めている。

そして、これら三社が撮影する映像は、ほぼリアルタイムに警視庁などのシステムに自動送信され、顔認識システムを使って、手配中の容疑者や前科を持つ人間の顔と照合したり、怪しい動きをする人間を洗い出したりして、犯罪を阻止する。

さらには、集会に参加する人々の顔認識から、彼らの政治的ポリシーや信仰の対象などを割り出すことも行っている。物理的に、その情報がどこで蓄積されているのかまでは知らないが、人々が行動するたびに、彼らの情報は逐一、溜められ、分析され、次の行動に向けて備えられている。

対立候補の選挙カーは、数時間前に同じ場所で演説を行ったそうだ。当然のことながら、そこに集まった人々の情報も蓄積されたわけだ。そして、政権を支える山浦たちは、その情報にアクセスすることもできる。裏切者を炙《あぶ》り出すのも簡単だ。

――国民にプライバシーなど必要ない。

戦後の長い期間をかけて、わが国は国民を甘やかし、過度の自由を認めてきた。あれは自由ではなく、放任と呼ぶのだ。

彼らは何でもかんでも「権利」だという。何も価値を生まず、引きこもってただひたすら国家の財を食いつぶすのも権利、働くのも働かないのも、結婚するのもしないのも、子どもを産むのも産まないのも、必要のない人間がみんな高等教育を受けられるようにするのも、すべて人間が生まれながらに持つ権利だというのだ。

——フン、自分勝手なことだ。

子どものころから、好き放題に甘やかされてきた人間の考えそうなことだ。

山浦には、壮大なビジョンが見えている。

ほぼ滅亡の淵に瀕《ひん》しているこの国を、不死鳥のごとく復活させるための絵図だ。そのために、個々の国民がどのように行動すべきか、山浦にはわかっている。

おそらく彼らのわがまますぎる権利意識は、必要もないのに高等教育を受けてきたことによる弊害だろう。高等教育など、ひと握りのエリートだけが受ければいい。残りは、命令されたことを命令通りに実行できるだけの能力さえあればいい。それも、黙って実行すべきだ。やれ残業時間が長すぎるだの、残業代がきちんと出ないのはブラック企業だの、経営者を責めることしか知らない連中を、黙らせなければいけない。

「幹事長、そろそろ開始時刻です」

選挙カーの下から、秘書が声をかけてきた。白い手袋をはめた手を秘書に振り、山浦はマイクを握る。

長い年月をかけ、〈旭光〉は国民の権利を制限するために、さまざまな手段を尽くしてきた。なんとしても、再びこの国をアジア随一の経済大国として、いや山浦自身はほとんど知らないが、「ジャパン・アズ・ナンバーワン」と呼ばれた当時の、世界中から眩《まぶ》しく仰ぎ見られる小さな大国として、輝かせるのだ。

民主主義など溝に捨てる時だった。

山浦にとって、大事なのは個人ではない。もっと正確に言い換えるなら、自分と家族や仲間以外の個人など、どうでもいい。

「自由民権党の山浦です」

山浦は、割れるような歓声とともにうち振られる小旗の群れを見渡した。なんと安らぎに満ちた、羊たちの群れだろうか。だが、羊は愚かであるほど良い。統率しやすく、搾取されても文句を言わない。

「私たちのニッポンは、世界でナンバーワン！　そう胸を張れる世の中を、一緒につくっていきましょう！」

＊

「今まで黙っていてすまない。須藤君を交えた場で話すつもりだった」

速水長官は、最上たちの顔をひとりひとり見て、頷きかけた。

「あまり時間はなさそうだから、手短に説明する。〈旭光〉という組織が、ひそかに誕生してもう三十年あまりになるのだ。最初は、先鋭的な政治信条を持つ学生たちが、数名で立ち上げたものだと聞いている。現在の参加者が何人いるのか知らないが、末端の構成員も含めると、おそらく千や二千ではきかないと思う。政界、財界、官僚、教育者、文化人など、さまざまな業界に食い込み、そのリーダーにも名前を連ねている」

「——いったい、何のための組織なんですか」

興味を覚え、最上は尋ねた。

「この国の再構築をめざしているんだ」

再構築という意味がわからない。

「この国の現状を見たまえ」

長官が両手を広げ、悲しげに首をかしげる。

「高度経済成長期を経て、世界第二位の経済大国と呼ばれたころのわが国を知っていれば、悲しくなるような現実だ。人口は激減し、産業は衰退している。同質性を好む国民性から、海外から正式な移民を受け入れることはほとんど不可能に近く、結局は財界の一部が主導して海外から研修生などの形で労働者を受け入れたものの、受け入れの体制づくりと、その後のフォローに失敗し、差別され、心に傷を負った外国人が、何百万人も国内に残留し続けることになった。結果として、外国人のコミュニティが各地に生まれ、彼らは日本社会に溶け込むことはなく、教育の機会を奪われたために、生きるため犯罪に走る傾向が強く、この国の犯罪率を押し上げている。GDPはマイナス成長、経済格差は拡大するばかりで、経済が悪化すると社会不安が増すから事件も多い。こんな国にするはずだったか？　この国はもっと、まともな国だったんじゃないのか？」

たしかに、最上は逃げるようにタイで何年か暮らした後、日本に戻ってきて、その凋落《ちょうらく》ぶりに驚いた記憶がある。

「この現実を受け入れられない一派が、〈旭光〉なんだ。この凋落は海外から押し寄せる移民のせいだと喧伝《けんでん》する。あるいは、国民が個人主義に走りすぎているためで、それを正さねばならないという。ひきこもりや生活保護の受給者など、弱い者を攻撃し、人はみな自己責任で生きるべきだという」

「待ってください。〈旭光〉は、落ち込んでいるこの国の経済を改善しようとしているんですか」

「そうだ」

「――それなら、立派な組織じゃないですか」

マギが、横を向いてくすりと笑った。最上の反応がおかしかったらしい。

「目的は立派でも、手段が良くない」

長官が続ける。

「〈旭光〉は、〝行き過ぎた〟民主主義がこの凋落を招いたと考えているんだ。繁栄を取り戻すためには、国民の権利に制約を設け、全体主義的、あるいは権威主義的な世の中に移行する。それが最適な方法だと考えて、とっくの昔に実行に移している」

そう言われても、最上には何がなんだかピンとこなかった。要するに、〈旭光〉は民主主義をやめようとしているのか。だが、生まれた時から民主主義の世の中で育った最上には、それ以外の社会の生活が想像できない。

マギが笑いながら腕組みした。

「具体的に話したほうが、彼にはわかりやすいでしょう。つまり〈旭光〉は、国民を人間扱いしてないのさ。人口が減少して困るなら、どんどん産ませればいい。GDPの成長率を高めたいなら、どんどん働かせればいい。それでみんなが幸せかどうかなんて、気にしちゃいない。国民は家畜《かちく》か、奴隷《どれい》だと思われている。そのための策を、ひとつずつ練って実行に移している。僕の見たところ、あとひと息で完成だね」

そう言われてもまだ、最上には彼らの言いたいことが完全に理解できたとは言い難かった。

速水長官も、それを察したように頷く。

「まあいい。あとで私からゆっくり説明するよ。ともかく、私は警察庁に入庁し、五年めで〈旭光〉に誘われた。彼らはめぼしい新人が入ると、その働きや思想をチェックして、組織に勧誘するんだ。私も当初は、最上君のように〈旭光〉の考え方に賛同し、仲間に入った。だが、だんだん彼らの意見に心から賛成できなくなってきた。むしろ、〈旭光〉を解体しなければいけないと考えるようになった。それで、優秀な後輩を仲間に誘い入れて、組織を調べ始めたのだ」

「──まさか、それが」

「須藤君だ。彼は大学の後輩でもあってね。入庁した時から、親しくつきあっていた。私は彼を〈旭光〉に推薦し、彼には因果《いんが》を含めて、私と一緒に〈旭光〉をスパイしてほしいと頼んだ。彼は引き受け、そしてあの悲劇が起きた」

「悲劇──」

「須藤君を疑った〈旭光〉が、彼を殺そうとしたのだ。訪日した海外の大臣を狙った爆弾テロに見せかけ、本当の標的は須藤君だった。だが、彼はたまたま無傷で、彼の部下が死亡したり、重傷を負ったりした。重傷を負ったのは、彼の婚約者でもあった。話しただろう、長久保遥子──長久保警視のお姉さんだ。彼女は今も植物状態で、病院で昏睡《こんすい》し続けている」

衝撃的な話に、最上は富永や梶と目を見合わせた。

「では、須藤課長が警察庁を退職したのは」

「それが原因だ。彼は心を病んで退職し、ブラックホークに入った」

須藤が〈デーモン〉と呼ばれるのは、自分は心を見せないくせに、他人の心を読んで、部下を自在に操るからだ。

——そんな事件が背景にあったとは。

「須藤君が辞めた時には、私も疑われたのだ。なにしろ、彼を推薦したのが私だからね。しばらく動きを潜め、〈旭光〉に賛同して尽くすふりをして、警察庁長官にまで就任した。そして、いよいよ〈旭光〉の全体像を把握し、彼らを解体するつもりだった」

「——だから、狙われたと？」

信じがたい話だが、長官は頷く。

「彼らは私が邪魔になったのだ」

最上は、眉をひそめてマギを見た。

「それじゃ、クーガは〈旭光〉を潰すつもりなのか」

「最初はそんなつもりじゃなかったんだけどね。いろいろ、行きがかりがあって」

詳しいことを説明する気はないようで、マギが肩をすくめる。

「大事なのは、これからのことなんだ。僕らは、〈旭光〉を解体するためなら、天敵と言われるブラックホークとも手を結ぶ用意がある。むろん、ニードルもだ。そうだよね？」

「マギがそう言うなら、俺に異存はない」

ニードルが、にたにた笑う。このいかれた男でも、素直に従う相手がいるとは驚いた。

「待った。あんたたち、さっきこの男が、〈旭光〉に所属していたと言わなかったか」

「それは俺の前世だな」

ニードルが、さもおかしなことを聞いたと言わんばかりに、唇をにいっと横に引いた。

「警察官だったことがあるように、俺は昔〈旭光〉にもいたことがある。それだけだ」

ニードルは警視庁でSPだったとも聞いている。つまり彼は、SPとして勤務しながら、〈旭光〉の一員でもあったのか。

――さて、どうしよう。

最上は速水長官を見つめた。彼はプリンシパルであって、自分たちに命令を下す立場ではない。その任にあたるのはあくまでも、須藤課長だ。

だが、須藤は今回の任務について、「長官の自由を守れ」と言った。そのためには、たとえクーガと手を組んででも、〈旭光〉を潰すべきではないのか。

「――テロ組織クーガと組むことになるとは、私にも予想外だったが」

長官が、マギを見つめた。その表情に苦悩はなく、むしろ清濁のすべてを呑み込んで、自分の身体ひとつに罪も正義もすっぽりと納め、前に突き進む雄々しさがあった。

「後で何が起きるか、考えるのはよそう。まずは〈旭光〉だ。私は、君たちと組もうじゃないか」

「良い決断ですね。ブラックホークはどうする？」

マギがこちらを見た。最上はまだ迷っていた。自分はこのチームのリーダーで、自分の決断がメイや富永、梶たちの人生を左右するかもしれない。

――手を組めるのか、クーガと。本当に。

単に、天敵などという言葉では生ぬるい。張を死なせたのも、隊長の妹尾に今も意識不明の重傷を負わせたのも、副隊長の斉藤に特殊警備隊を裏切らせたのも、すべてこいつらだ。クーガなのだ。

リーダーのマギとは初対面だ。この青年は奇妙に愛想がよく、ふつうらしく、なんだか得たいが知れない。だが、この男がリーダーに復帰したからと言って、クーガの本質が変わるわけではないだろう。張や妹尾たちが戻るわけでもなく、自分たちの心の傷が癒《い》えるわけではないのだ。

富永と梶に向き直る。同時に、ヘッドセットのイヤフォンマイクで聞いていることを意識して、車の中にいるメイにも手を挙げた。

「俺はクーガと手を組む。ただし、〈旭光〉を潰す時までだ。その後はまた、前の関係に戻る」

　富永たちは神妙な表情で聞いている。

「みんなはどうする。いつものミッションならこんなことは聞かないが、今回はいろいろと逸脱しているからな。俺の判断が誤りだと思うなら、遠慮なく抜けてくれ。メイもだ」

『私は残る』

　あっさりとメイが宣言した。

「私も残ります」

「私も」

　富永と梶が、メイの声に背中を押されたように答える。チームのメンバーではない運転手は、頃合いを見て離脱させるつもりだった。

「──聞いた通りだ」

　最上はマギに向き直った。

「俺たちはクーガと手を組む。ただし、〈旭光〉を倒すまでだ」

「正直な答えだね」

マギが微笑む。同時に、目を細めて空中の何かを払うようなしぐさをした。

「――〈ケルベロス〉が防犯カメラの異常に気づいたようだ。再起動を始めたから、そろそろ解散しよう。あとは、フラッシュから君たちに詳しい話をしてもらう。フラッシュ、君は彼らと同行してくれ」

驚く暇もなく、マギはヘルメットをかぶり、自分のバイクにまたがった。振り向くと、フラッシュがバイクを降り、代わりにニードルがバイクのシートに尻を落ち着けるところだった。

「フラッシュは僕と考えかたを共有してる。彼の言葉は僕の言葉だと思ってくれていいよ。じゃあ、またね」

まるで気楽な友達のように言って手を挙げると、マギはバイクのエンジンをかけ、「チャオ」と投げキッスの真似をしたニードルとともに、一陣の風のように走り去った。

――あるいは、暴風か。

最上は富永と梶に、車に戻るよう言った。メイにも、後ろの白いミニバンに戻らせる。警察に目をつけられた車輌は使えない。

由利がヘルメットを小脇に抱え、こちらを見ている。何を考えているのか、その顔は無表情だ。だが、これまでのいきさつを考えれば、由利の心の中にどれほどの嵐が渦巻いているのかはわからない。

「――お前も乗れよ、由利」

彼は無言で車に向かった。メイの敵意に満ちた視線が待っていたが、由利は意に介した様子もなく、助手席に乗り込んだ。

防犯カメラが復旧する前に去らなければ。

最上は何も言わず、車に乗り込んだ。すぐに、この場を離れて新たな隠れ家に向かうべきだった。

8

公安第五課の刑事部屋に戻ると、珍しく殺気だった雰囲気が室内に満ちていた。

「お前ら、何をやってる！　相手はたったの五人だろう！　遊んでるのか！」

五課長の江島が、立ち上がって怒鳴りまくっている。五課の面々は、顔面蒼白《がんめんそうはく》になってデスクの端末に向かい、スクリーンに指先を当てて何やら操作しているようだ。だが、彼らの指が、ほとんど意味のない動きをしていることは、なんとなく見て取れる。動揺し、仕事をしているふりをしているだけだ。

寒川は、目立たぬように、隅にある自分の席に着いた。長久保警視と情報交換して戻ったところだ。現在、五課は一係、二係が総出で速水長官を追っている。独自の判断で動くと言えば聞こえはいいが、皆から無視されている寒川だけが、指示を受けていない。

江島課長が荒れているのは、〈ケルベロス〉が警告した通り、両国のマンションに速水長官とブラックホークの四名が潜伏しており、しかも五課が急行したにもかかわらず、今朝、彼らを取り逃がしたからだ。

おまけに、ブラックホークの最上という警備員の姿を防犯カメラが捉えた直後、クーガの構成員と思われるバイクに乗った男たちが現れ、警視庁の検問を突破した。

夕方になっても、いまだに五課は長官らの行方をつかめていない。〈ケルベロス〉が配備されてから、この東京で誰かが姿を隠すのは、おそろしく困難になっているのに、長官たちはまるで手品を使って消え失せたようだ。

——マギだな。

もう何年も姿を消していた、電子の魔術師が、いつの間にか戻ってきた。きっとそうだ。

「捜せ！　奴らは必ず次の隠れ家を見つけて逃げ込む。今度こそ逃がすな！　〈ケルベロス〉の警告を見逃すなよ！」

江島課長が吠えている。速水長官の件は、事件の性質上、公安第五課が専属で捜査に当たることになったのに、長官が見つからなければ、すべての責任は五課が、ひいては五課長の江島が被《かぶ》ることになるのだ。

「彼らには無理ですよ、課長。〈ケルベロス〉が命じるままに動くやり方しか、知らないんだから」

寒川は座ったまま、課長のほうを向いた。

突然、今まで存在すら忘れていた隅の老刑事が声を上げたことに、江島課長は驚愕し、ついで不興を隠さずに眉をしかめた。

「なんだ、寒川班長。寒川班には何も言っとらんぞ」

叱られている最中なのに、他の若手刑事らの間に、湿った失笑が起きる。とたんに江島に睨まれ、彼らは再びスクリーンに集中した。

「彼らには〈ケルベロス〉の使い方を教えても、足で情報を稼ぐ刑事の仕事は教えとらんでしょう」

寒川はしんぼう強く語り続けた。そのやり方こそ、自分が死んだ丹野に伝えようとしたことだ。自分は、丹野を後継者にしようとしていた。もはや時代遅れの、誰も顧みようとしない刑事の、地道な捜査の手法を教えたかった。

「もういい、寒川。黙っててくれ。前時代の遺物の話は、どうでもいいんだ。いま俺たちは、大事な仕事をしている」

　ハエでも追うように、江島課長が手を振る。寒川は粘り強く微笑した。

「今回は、〈ケルベロス〉を使っても無駄ですよ」

「――何を言ってる。君は使いこなせないだろうが、この連中は使いこなせるぞ」

　冷笑する江島課長は、ダンディな男だ。スマートなスーツの胸に、赤いポケットチーフなど差して、伊達メガネは銀縁ときた。洒落者を絵に描いたような男だった。

　――だが、彼はまったく状況を理解していない。

「無理なんですよ、課長。魔術師《マギ》が戻ってきてるんです」

　江島課長が黙り、寒川を睨んだ。

「先日、銀座の狙撃事件の現場を調べてきました。あれは間違いなく、ニードルの仕事だ。奴ら、しばらく姿を消していただけで、死んだわけでもクーガの活動を停止したわけでもなかったんだ。マギが復活すれば、〈ケルベロス〉はおもちゃのようなものですよ。弄《もてあそ》ばれるだけだ」

「なぜ、そう言い切れる。君はマギのファンなのかもしれんが」

　また、漣《さざなみ》のような失笑が起きたが、にやにやしている江島課長は、もう彼らを叱らなかった。寒川は、彼らに憎まれたり、嘲《あざけ》られたりするのには、慣れっこになっていた。馬鹿馬鹿しいだけで、腹も立たない。

「なぜ速水長官とブラックホークが見つからないか——マギがすでに、〈ケルベロス〉を操っているからですよ」

つまりそういうことだ。マギは以前、警視庁の情報管理システムを破壊し、復旧するまでの間に自分の目的を遂げた。現在の〈ケルベロス〉は、当時の情報管理システムの後継となるものだ。人工知能を組み込み、当時よりはるかに大量のデータをもとに、警察捜査を支援している。

正直、寒川は、これほど大量の個人情報を〈ケルベロス〉が取り扱うことについて、いつの間に警察機構と政治が合意したのか、よくわからないのだ。街角で撮影されている防犯カメラ、電子的な決済機能、オペロンに付属するＧＰＳの情報。何もかも、〈ケルベロス〉が取り込んでいることを、一般の人たちはどこまで知っているのだろう。

ずっと昔、米国で国家安全保障局《NSA》の下請け仕事をしていたスノーデンという男が、ＮＳＡがどれだけ国民の個人情報を知らないうちに収集し、盗聴しているか、告発したことがあった。〈ケルベロス〉が集めている情報は、そのころと比べても桁違いに多い。

マギが〈ケルベロス〉を操る方法を見つけたのなら、彼は逆に〈ケルベロス〉が抱える膨大な情報を活用することもできるわけだ。この部屋で端末を操作している刑事たちなど、足元にも及ばないレベルの活用だろう。

「クーガが何を考えているのかは知りません。速水長官がクーガと手を結んだとは、思いたくない。ですがね、もしそうなら、〈ケルベロス〉を使って長官を見つけるのは無理ですよ」

江島課長の表情から、笑いが消えた。

「──なら、どうすれば見つけられる」

第五課の室内が、静まり返っている。固唾《かたず》をのんで、彼らの会話を見守り、耳を澄ましているのだ。寒川は刑事たちを見回した。

「刑事のやり方で、捜査するんですよ。俺たち刑事のやり方でね」

「君なら、できると言うんだな」

江島課長が念を押すように尋ね、寒川は静かに頷いた。

「──なら、やってみろ」

そう、これを待っていたのだ。江島課長が、昂然《こうぜん》と頭をもたげた。

「寒川班に、速水長官邸の殺人事件の捜査を正式に命じる。彼らより先に、長官を見つけてみるんだな」

寒川は微笑した。

「彼らより先に、事件を解決してみせます」

＊

「ビールがある！」

冷蔵庫を覗いて歓声を上げた梶に、最上は「仕事中だ」と厳しく告げた。

「すみません」

「交代で休憩する時なら、飲んでいい」

梶の顔が輝く。自分も新人のころはあんなものだったかと、最上は笑いを噛み殺した。

新しい隠れ家は、ブラックホーク社が社員のために一棟まるごと借りているマンションだった。最上がいる、田町のワンルームとは違い、ファミリータイプのようだ。入るよう指示されたのは、十二階の3ＬＤＫだった。ブラックホークの社員寮は、家具もほぼ揃っている。

窓はカーテンもなく、向こうの景色が丸見えで驚いたのだが、近づいて見れば、いわゆるマジックミラーのような窓だった。外から内側は見えず、内から外は見えるのだ。

リビングの外には広めのバルコニーもあり、その空間も外からは見えないように、ガラスで覆われている。バルコニーに出ることも、禁止されなかった。

これなら、潜伏期間中もさほどの窮屈さは感じないですみそうだ。

「来たな。ここは安全だ。ゆっくりしてくれ」

驚いたことに、迎え入れたのは隊長のスカーこと浅井だった。

「なぜ社員用のマンションに？」

ブラックホークとの関わりが、もっとも明確な建物だ。

「ここは、もう警察が来てチェックした後なんだ。誰が見てもブラックホークの資産だし、こんなところに隠れているとは思わないという、裏をかいてな。それに、敷地に入ってしまえば防犯カメラがない。地下の駐車場から部屋まで、直通エレベーターがあり、外部から見えない。おまけに」

浅井がにやりと笑う。

「『わが社』の資産だけに、万が一の場合の逃走経路も用意しやすい。食品や日用品の買い出しは、俺たちが担当できる。ブラックホーク社の社員ばかりが住んでいるから、本社との通信が頻繁に行われても、誰も疑いはしない。須藤課長とも通信しやすくなる」

ノックとともに、ドアが開いて副隊長のエディ・村雨が入ってきた。

「無事に到着したようで、ホッとしたよ」

――なぜエディまでここにいるんだ。

最上の疑問を読んだように、エディが片目をつむる。

「俺と浅井隊長は、ここに住んでるんだ。万が一の場合には、俺たちの部屋に一時的に避難したり、秘密の通路を使って逃げたりできるよ、マングース」

速水長官は、室内に通されるとすぐ、隅のソファに腰を下ろし、疲れきった様子で目を閉じている。疲れもするだろう。メイや富永、梶たちブラックホーク組は、それぞれ室内のチェックを行っている。

フラッシュ——由利は、ひとり腕組みして突っ立ち、周囲を睥睨《へいげい》している。彼が同行することは、浅井たちにも先に伝えてあった。でなければ、マンションに足を踏み入れた瞬間に、ひと騒動もちあがったかもしれない。

「——怖いものなしだな、ええ？」

浅井が嫌味を言った。クーガとブラックホークの長い確執を思えば、皮肉のひとつも言いたくなるだろう。

「ひとつ聞いておきたいんだが」

エディが由利に向かい合って立つ。

「半年ほど前、ブラックホークと全面対決した時に、ビルを爆破したのは君か？」

エディの表情は平静で、余裕綽綽《よゆうしゃくしゃく》としているが、その質問はかなり危険な領域に踏み込んでいる。

室内に緊張がみなぎり、最上は、万が一の場合に彼らを引き離すか、制止するかしなければならないと、ひそかに身構えた。メイは我関せずで壁を背にし、富永と梶は、いざという場合にエディに加勢するべく、身構えているようだ。こんな時には、それぞれの個性が外に出る。

「──俺はここに、ケンカをしに来たのか？　別にそれでもかまわんが」

腕組みした由利が、低く尋ねる。

一触即発の雰囲気を封じたのは、速水長官だった。

「よしたまえ。〈旭光〉を倒すまで、君たちがクーガと手を組むと約束したから、彼はここにいるんだ」

エディが肩をすくめた。

「──いいでしょう。ただ、覚えておいてもらいたい。君たちが爆破したビルで、重傷を負った特殊警備隊前隊長の妹尾容子は、俺の妻で、息子の母親だ」

速水が困惑ぎみに口を閉じる。

エディにとって、クーガは妻の仇《かたき》だった。穏やかな態度を装っているが、内心は煮えくりかえっているかもしれない。

あの事件で、特殊警備隊はかけがえのない仲間を三人、失ったのだ。妹尾隊長、亡くなった張、そして休職中の斉藤副隊長だ。

浅井が指揮をとり、エディが妻の傷病を理由に米陸軍を除隊して特殊警備隊に加入し、富永や梶が加わり、どんどん昔の仲間の穴を埋めていく。

職務上、困ることはそうそうない。それでも、最上は時おり、妹尾たちがいてくれたらと感じることがある。

「どちらも命がけだった。俺たちがブラックホークを倒さなければ、ブラックホークが俺たちを倒しただろう。それだけのことだ」

由利の態度は、みじんも揺るがない。クーガの行為がどれだけひどかろうと、由利が彼なりの信念を持っているのは確かだ。

「そろそろ話してくれないか、由利。マギは、なぜお前を俺たちのもとに送り込んだ？」

最上は尋ねた。

「〈旭光〉を潰すためだ」

「マギには、具体的なアイデアがあるのか？」

「さっきマギが言ったことを聞いてなかったのか？　俺たちは、ここ数日で〈旭光〉の幹部だとはっきりした奴を四人、暗殺した」

マギが名前を挙げたのは、東都重工、パームジャパン、パートナー電工、シンドー製薬という、いずれも超のつく優良企業だ。

「待てよ。その四人が〈旭光〉だと、どうしてわかったんだ？　百パーセント、間違いはないのか」

「ない。マギが調べた」

最上は驚いて、由利を見つめた。ことマギに関する限り、由利は無批判になるらしい。

――この男でも。

長官がため息をつく。

「彼らは正しい。たしかに殺された四人は、〈旭光〉の構成員だった。うち三人は、彼らが殺されるまで、構成員だと私も知らなかったよ。死んだ後で、仲間を悼む声が上がったので、初めて気づいたんだ」

「――本当ですか」

「本当だ。だからと言って、いやしくも警察のトップに立つ者としては、〈旭光〉のメンバーを問答無用で撃ち殺すことに、賛成するわけにはいかないが」

浅井隊長が身を乗り出した。

「東都電工、パームジャパン、パートナー電工の三社は、ブラックホークの優良顧客だ。暗殺された時には依頼を受けていなかったのが残念だが」

その通りだ。最上自身はパートナー電工からの依頼を受けたことはないが、東都電工の自殺した塩沢社長、パーム米国本社のCEO、アレックス・ボーンの警護を担当したことはある。アレックスが米国本社から訪日した際には、パームジャパンの幹部たちが、盛大に出迎えていた。

由利が浅井に向き直り、浅井の真意を測ろうとするような、不可解な表情を浮かべた。

「――だから、俺たちはブラックホークも〈旭光〉の仲間じゃないかと疑っていた」

浅井が唇を引き結んで黙る。そんなわけがないと反駁《はんばく》したいのだろうが、須藤課長が警察庁時代に〈旭光〉のメンバーだったと聞かされたので、戸惑っているのだろう。

「須藤君は、今はもう〈旭光〉とは縁が切れている」

速水長官が口を挟んだ。

「私の聞いたかぎりでは、東都電工の塩沢前社長と、先日、暗殺された等々力社長は、ふたりとも〈旭光〉だった。パームジャパンの今井《いまい》社長もそうだ。パートナー電工は、数年前に社長昇格の直前に殺された粟島《あわしま》専務がそうだった。その時に本来なら、家庭の事情で退任するはずだった財部《たからべ》社長が退任をとりやめ、今もその地位にある。暗殺された東雲《しののめ》常務は、次期社長とみなされていた。――パートナー電工もついてない。社長になるはずの人間が、次々に暗殺されるとは」

「〈旭光〉は、どこまで企業や官庁に食い込んでいるんですか」

「さっきも話した通り、私にも全体像はわからない。だが、今もわが国の経済を支える優良企業は、ほぼ〈旭光〉が動かしていると考えていいだろう。官僚と政治家に関して言えば、さらに深く食い込んでいるようだ」

――そんな組織が存在することすら、夢にも思わなかった。

最上は、話を聞きながら呆然としていた。おそらく、多くの国民が同じ感想を持つに違いない。

「私は〈旭光〉を、便宜上、組織と呼んでいるが、あれはもっと緩やかな人間のつながりのようなんだ。たとえば全員がリアルな場で一堂に会することはない。思想を同じくし、何かあれば互いに協力はする。実体がないから、組織を解体するのも困難だ」

「しかし、彼らがそういう集団で、それだけ多くの職に就いているとして、俺たちはどうやって〈旭光〉と戦えばいいんですか？　法に則って逮捕することは可能なんですか」

浅井隊長の戸惑いも深い。

「――難しいだろうな。奴らはそう簡単に尻尾《しっぽ》を出さない。須藤君を狙った爆弾テロも、警察の総力を挙げて捜査したが、犯人は捕まらなかった。警察内部に〈旭光〉が食い込んでいるのだから、当然と言えば当然だがね。そもそも、〈旭光〉メンバーがやっているメンバーの勧誘や業種を超えた人材交流を、犯罪として取り締まる法律は、わが国には存在しないよ」

何者かが影の組織をつくり、政治、経済の中枢に人材を送り込んでいたとしても、それを禁じる法律はない。

だが、最上は顔を上げた。

「――長官の自宅で梅野さんを殺した件は、真犯人を見つければ罰することができます」

全体として彼らが企んでいることから見れば、ごく一部なのかもしれないが、巨大な城塞も、ただひとつの壁石を取り除くことから、侵入や破壊が可能になる。

「この事件だけではないはずです。須藤課長を狙ったテロを起こしたように、証拠がないだけで、他にもきっと事件を起こしています。自分たちの理想を実現するために」

だいたい、理想というものは、時としてはた迷惑で、非現実的で、めんどくさいものだ。

「そうだな。まずはそこから始めて、時間がかかろうとも彼らの野望を砕くしかない」

長官が頷く。

「マギにも考えがあるようだ」

由利が言ったので、最上は振り向いた。

「聞かせてくれないか。クーガは、どうして〈旭光〉と対決する姿勢なんだ？　お前らがメリットもなく動くとは思えないんだが」

以前、由利と再会した時には、最上自身も勧誘を受けた。クーガは貧乏人の味方だの、富める者から盗み、貧しい者に分け与えることで富の再分配を行っているだのと、ずいぶんな御託を垂れていたが、まさかそれを本気にしているとも思えない。

クーガは、テロと自堕落な生活を楽しみ、自分たちの行為を正当化するために、まるで義賊のようなたわごとを口にしているだけだ。

「マギには大きな目的がある。その目的を達成するために、〈旭光〉が邪魔になると気づいたんだ」

「警察では、マギは敵対する組織に追い詰められて海外に脱出したものだと考えていたよ」

興味を抱いた様子で長官が尋ねる。

「マギは目的を果たすために協力者を捜して海外に渡った。だが、〈旭光〉は、海外でもマギの邪魔をした。だから、まず奴らを倒さないことには、自分の理想を実現できないと悟ったんだ」

「そして、いつの間にか海外から戻っていたのか――」

長官がため息をつく。

「彼はどこにいるのかね？　なぜ交渉を君に任せて、自分は隠れてしまったのかね？」

由利は、しばらく黙って考えを巡らせているようだった。今はブラックホークと手を結んでいるが、最終的には再び元の関係に戻る可能性が高い。すべてを明かして手の内をさらす必要はない。

「マギは気まぐれだ。俺たちですら、あいつの居場所はつかめない」

由利が肩をすくめた。本当のことを言っているように聞こえた。

「それから、マギからの伝言だ。〈ケルベロス〉は、すべての通信を傍受している。通信内容を秘匿するために、この件の関係者は全員、秘話機能のある通信ソフトを導入してくれ」

「――マギのお薦めか。おかしなウイルスがくっついていたりしないだろうな」

由利が馬鹿にしたように肩をすくめた。

「疑うならかまわんが、マギの言う通りにせず、お前らが捕まるのはともかく、俺たちまで巻き添えにするのは勘弁してくれ」

手近な紙に由利が書きつけたメモを見て、最上はすぐそのアプリケーションを自分のオペロンに導入した。通信内容を暗号化するソフトのようだ。これを、全員に導入させなければならない。

「――まず、長官が知るかぎりの、〈旭光〉のメンバーを教えていただけますか。その関係を調査し、なるべく多くの〈旭光〉を割り出しましょう。そして、事件の関係者を摑み、ひとりずつ罪を明らかにする」

浅井が言った。

「――それはいいが、その情報が漏れて、クーガが彼らを片っ端から暗殺するようでは困る。政治・経済が大混乱に陥るからね」

長官の目は、酷薄な印象を受けるくらい鋭く、由利の反応を確かめている。そのために、由利がここに来たのではないかと、疑っているのだろう。もっともな疑いだ。

由利は、ごく自然な態度で同意した。

「いいだろう。せっかくの協力態勢だ。時期が来るまで、暗殺は中止すると約束する」

「あのニードルを、抑えられるのかね」

「ニードルは、マギの言葉は聞くからな」

マギという人物に、いよいよ興味が湧いてきた。外見は、どこにでもいそうな穏やかな青年のようだった。

「それでは、さっそく始めましょう。こちらに、警察庁の名簿を用意しました。長官がご存じの〈旭光〉のメンバーに印をつけてください」

浅井が端末を差し出す。最上たちに、手伝えることはなさそうだ。

彼らが作業している間に、最上たち四人は休息をとることにした。この数日間、長官を警護したり警察の囲みを脱出したりと、気を抜く暇もなかった。

「ふたりずつ交代でシャワーを浴び、仮眠しよう」

富永と梶を先に休ませることにした。メイはあいかわらず強情で、自分が先に休息することを潔しとしない。遅めの昼食をつくると言って、彼女はキッチンに消えた。

ふと気づくと、由利の姿がなかった。バルコニーに出て、外を眺めている後ろ姿が見えた。最上も、由利を追ってバルコニーに出た。

「――由利」

声をかけたものの、今さら何を話そうとしているのかと、自分でも戸惑う。

由利が無表情に振り向いた。最上は黙り、彼の隣に立って街を眺めた。高層ビルの間に、低層の商業ビルがぎゅうぎゅうにひしめく街だ。

最上と由利が、学生時代を過ごした街にも少し似ていた。最上がいたのは、古い町工場が立ち並び、のべつまくなしに煙突から白い煙が上がっている街だった。いわゆる上品な街ではなかったが、下町らしい人情があったし、気楽に過ごせる場所だった。

――ずいぶん、遠いところまで来たものだ。

あれから二十年ほどしか経っていないのに、前世のようにも感じる遠さだ。あの時も今も、由利が隣にいることが、不思議な感覚だった。

「――なあ。変なことを言うようだが、お前が生きていてくれて嬉しい」

由利は何も言わなかった。最上はそちらを見なかったが、人を小ばかにしたような目をして、肩をそびやかしたような気がした。

新人ボクサーだったころから、貫禄充分で誰よりも強く、〈ベストキッド〉と呼ばれた。感傷や甘い言葉とは無縁の男だ。最上は、すぐ下の道路を通りすぎていく車列や、高層ビルの上を飛んでいくヘリコプターを眺めた。

「〈旭光〉が何をやろうとしているのか、俺には正直、よくわからないよ。全体主義だの権威主義だの言われても、ピンとこないしな」

「俺だって似たようなものだ」

あっさりと由利が返す。

「だが、マギのおかげで、それが俺の嫌いなものだとは理解している」

「由利が嫌いなものか」

「俺は、『偉そうなやつ』が嫌いだ」

それはわかる、と最上は思う。

「『偉そうなやつ』が右を向けと言えば、右を向かねばならん。靴を舐めろと言えば、ひざまずいて靴を舐めねばならん。〈旭光〉がめざすのは、そんな世界だとマギは言う」

「そんな世界なら、俺も勘弁してほしい」

「俺にそんなことを言うやつがいれば、まず命がないが」

わざわざ由利が断らなくとも、みっちりと筋肉に覆われた太い腕や、ぶ厚い胸板を見ただけで、たいていの人間は恐れをなすだろう。

――なるほど、こいつは〈ベストキッド〉のころから意外に変わってない。

ボクサーのころ、由利はよく本を読んでいた。トレーニングや人体に関する本が多かったようだが、ときには哲学や兵法に関する本も読んでいたようだ。ジムのトレーナーに勧められたのだと言っていた。

最上は本など読まないので、自分よりよっぽど頭のいい由利が、リングに上がると動物的なほどの闘志を剝き出しにする――できることが、不思議でもあったのだ。

だが、要するに由利は、感情と己の快・不快の判断がはっきりしているのだ。

――だから、あの時も。

新人ボクサーとしてもてはやされる彼らを妬《ねた》んだ不良たちが、最上を取り囲んで痛めつけていた時、感情を解き放ったのだ。

「――由利」

最上はためらいながら、元親友の名前を呼んだ。

「本当にすまなかった。そんなお前が、刑務所の中でどれだけ嫌な思いをしたかと思うと、俺はみじめな気分になる」

いつかは言わねばならないと思っていた。裁判で見かけたのを最後に、最上はボクサーライセンスを剝奪されてタイに向かい、由利は刑務所に入った。次に会った時には、自分たちの近くに死体が転がっていて、そんな会話にならなかった。

自分はこの男に大きな借りがあり、しかもそれを返すどころか、敵対して倒さねばならない。由利と比べて、自分にその値打ちがあるだろうか。心苦しいなどという、生易しいものではない。

由利が肩をすくめた。

「刑務所の中では、強いやつがリーダーになる。そう悪くはない場所だ」

「――――」

「俺は逆境が嫌いじゃない。逆境は、俺を鍛えて強くする。強くなればなるほど、生き残る確率も高くなる」

虎のように、にたりと笑う。

「だから、もうこの話はよせ。俺は、お前が想像する以上に強くなった。――それに、本当のことを言えば、あの夜やつらをぶちのめしたのは、快感だった。リングよりなにより、あれほど気持ちのいい瞬間はなかった。お前のためにやったと思っているだろうが、そうじゃない。今はそれが、はっきりわかる。俺たちの間に、貸し借りはない」

じゃあな、と言って屋内に戻る由利が、軽く最上の二の腕に触れた。最上はかすかにうなだれ、由利が遠ざかるのをじっと感じていた。

——いっそ由利が、あの夜を貸しとしてひけらかす男なら、良かったのに。

〈ベストキッド〉の由利は、刑務所とクーガを経て、信じられないほど大きな男になった。

これからも最上は、受けた恩を胸の内に刻み続けるだろう。

借りは、増えるばかりだ。

9

寒川は、無人タクシーを降りて、速水長官の邸を見上げた。代々続く、広壮な屋敷だ。

インターフォンを押すと、女の声で応答があった。

『——はい』

「警視庁の者です。事件のことで、お伺いしたい点がありまして」

カメラに警察手帳を押しつけるように見せ、なるべく無害そうな笑顔を向ける。しばらくして、玄関のドアが開いた。

事件の当日、証言していた奥村というメイドだ。今日も濃紺のワンピースを着て、室内からこちらの様子を窺っている。

「公安第五課の寒川と申します。私の班も、捜査に携わることになりまして、少々お尋ねしたいこともあるものですから」

奥村は、二十代のようにも三十代のようにも見えた。実際には四十代だ。近ごろでは、金さえ積めばいくらでも外見の年齢などごまかせる。だが、メイドの賃金で、最先端の美容法を試せるものだろうか。

「――どうぞ、こちらへ」

疑い深そうな目で、メイドが後ろに下がり、室内に寒川を招じ入れた。

現場検証は終わり、指紋採取に使われたアルミの粉などは、すっかりきれいに拭き取られている。二階は先日、確認したが、ひょっとすると二階も、このメイドがきれいに片づけてしまったかもしれない。

応接間に案内され、ソファに腰を下ろす。どこもかしこも、掃除が行き届いている。

「――事件のあった家に住み続けるのは、怖くないですか。奥村さん」

寒川が水を向け、二階を見上げるそぶりをすると、彼女はぶるりと肩をふるわせた。

「――それは、もちろん気持ち悪いし恐ろしいんですけど。旦那さまはもちろん、奥様やお子さんがたとも連絡が取れませんから、私もどうすればいいのかと思って」

「住み込みでしたか」

「ええ。私の家はここなんです」

　奥村はそう言い、胸を張った。いい度胸だなと、寒川はちらりと考えた。

「三年、こちらにお勤めだと言われてましたね」

「ええ、そうです」

「その前は、どちらにいらっしゃったんですか」

「高校を出てすぐ、品川にあるイタリアンの店に勤めていました。ウェートレスです」

　彼女の答えにはよどみがない。店名を尋ね、手帳にペンでメモを取った。

「ウェートレスから住み込みのメイドとは、ずいぶん畑違いのお仕事ですね。どうして、転職を考えたんですか」

「単に、飽きただけです。ウェートレスの仕事には、将来性がないでしょう。ロボットやAIより安くつくので、私たちを雇っているだけですから」

「それで、メイドの紹介所に登録したんですか。メイドのほうが、将来性があるんですか」

「――正直に言えば、こういう上流のおたくで勤めていれば、良い縁談があるかと期待しまして。お恥ずかしい話ですけど」

　軽く頬を染めてみせるあたり、役者としても一流だ。寒川は、メイドの紹介所の名前も尋ねた。彼は今日、久しぶりにネクタイを締め、胸元を隠してきた。

「それじゃ、こんなことになって本当にがっかりされたでしょう」

「がっかりだなんて――亡くなった梅野さんのことを思うと――」

戸惑うように頬に手を当てる。

　――ふん。

「長官の薬が、気になってましてね」

「私も心配です。ご無事ならいいんですが」

「薬の袋はどちらに置いてあったんですか」

「居間の引き出しです。今もありますよ」

「見せてください」

「こちらです」

　奥村が立ち上がり、応接室から出て、奥にある居間に案内した。広い屋敷だが、とはいえ居間まで歩くのに数秒もあれば足りる。

　居間とダイニングは隣接している。ふたつの部屋を仕切るのは、凝った編み方の籐製のパーティションだ。

かすかに、アルコールの匂いがした。奥村は、主人の家族がいないのをいいことに、ひとりで羽目を外しているのだろうか。

「この引き出しの中です」

彼女が開けたチェストの引き出しに、言葉通り、医師が処方した心臓発作の薬の紙袋が収まっていた。

「——長官にとっては、命と家族の次にたいせつなものですよね。どうして、薬を持って出なかったんだろう。投薬を受けてから長いですか」

「私がこちらに来る前からずっとです」

それならなおさらだ。薬を飲み慣れている人間が、いくら慌てて家を出るとはいえ、うっかり置き忘れたとは信じがたい。

「中を見てもいいですか」

「どうぞ」

念のために手袋をはめ、袋を開いてみた。中の錠剤は、ひとつずつ、ハサミでアルミの袋を切って小分けされている。

「この、袋を切るのはどなたがされるんですか」

「長官の奥様がされていました。いつも、病院から帰ると、この居間で」

「なるほど。丁寧な人だ」

薬には、特に変わったところもなかった。薬剤は、先日、ブラックホーク社が提携している病院に頼んで、受け取りに来る人間を突き止めた際の薬と同じものだ。

居間のテーブルに広げ、数を勘定して書きつけた。通院日から事件の日までの日数と、残された薬の数を頭の中で比較する。

――ふたつばかり足りないようだ。

こんなことまで調べるのかという目を、奥村はしている。すべてが手がかりだ。

――刑事にとっては。

「何かわかった時のために、あなたに直接、連絡を取りたいんです。端末を持っていますか」

奥村はオペロンを取り出した。その番号も、寒川はメモを取った。いっさい端末を使わず、紙とペンだけで事情を聴く彼を、奥村は珍獣でも見るような目で観察している。

「ありがとうございました。もし、どこかに住まいを移るような予定がありましたら、こちらにご連絡ください。気をつけて」

名刺を渡し、好々爺然と笑みを浮かべて、長官の邸を辞去した。奥村は、ちらりと名刺を見ただけで、彼が出るとすぐにドアを閉めてしまった。

寒川が真っ先にしたことは、オペロンを使って、公安第五課が奥村に監視をつけているかどうか、確認することだった。

――つけていない。

第五課の仲間に頼んだり、近くの署に頼んで監視してもらったりするわけにはいかない。寒川が彼女を疑っていることが、ばれてしまう。逃がしてはいけない。考えた末に、寒川がメッセージを送ったのは、ブラックホークの須藤課長だった。

「長官邸のメイドに、監視をつけられますか」

しばらく、返事はなかった。

寒川が品川に向かう間に、返信が届いた。

『もう監視しています。ご安心ください』

――あの会社、なかなかやる。

これまでずっと、寒川はブラックホークを疑い続けてきた。それは、長久保警視も同じだったらしい。理由は聞かなかったが、彼女は須藤をひどく恨んでいる。恋愛の恨みかもしれないと、なんとなく感じた。そういう問題には、くちばしを突っ込まないのが吉だ。

そもそも寒川がブラックホークを疑ったのは、スーパー・ガード法案が可決した直後に、日本法人の立ち上げに関する発表があったからだ。内部の情報が漏れていたとしか思えなかった。

だが、ひょっとすると何か説明のつく理由があるのかもしれない。

無人タクシーで品川に向かいながら、寒川はメイドの紹介所に電話をかけ、奥村の話の裏を取った。電話対応は、てっきり人間だと思っていたら、人工知能《AI》だった。奥村が登録したのはおよそ三年前、登録してすぐ、速水長官の家からメイドを雇いたいという話があった。

「何か妙なことはありませんでしたか」

『いいえ、特に』

候補を五名ほど選び、顧客に届けた。外国人は言葉が通じないので困ると言われ、最終的に残したのは奥村ともうひとりだった。

「その、もうひとりはどうなったんですか」

『辞退しました』

紹介所のAIが言うには、もうひとりの女性は、面接の日に現れず、電話で辞退すると連絡があったそうだ。

——ほう。

警視庁の者だと身元を証明し、その女性の名前と連絡先を教えてもらった。

品川のイタリアンレストランは、駅から近い、立地条件の良い店だった。店の営業は午後六時からだというが、無理を言って、店内で仕込みをしていたオーナーに、入り口を開けてもらった。

「奥村さんでしたら、よく覚えてますよ」

恰幅のいい、レストランのシェフでなければ、オペラの歌手のような、ぽっちゃりした男性が笑顔を見せる。

「とても素直で、真面目な人でした。こちらはもっと長く働いてほしかったんですが、彼女なりに考えがあったみたいで」

「この女性ですか」

オペロンで写真を見せると、すぐ頷く。

「そうです、この人です。何かあったんですか、彼女に」

「いや、単に参考程度に聞いて回っているだけです。彼女、いつから働いていたんですか」

「高校を卒業してすぐ来てくれたから、もう何年になるのかなあ。女性の年齢に触れるようで、あまり言いたくないですが、二十年以上になりますね」

あくまでもシェフは如才がない。

「――そんなに。ここで働いていた女性の従業員は、奥村さんだけですか」

「うちの妻も一緒に働いているので、奥村さんが辞めた後は、新しい人を雇おうという気もなくなりましてね」

「奥さんは、今どちらに？」

シェフが声をかけると、厨房からやはりぽっちゃりした色白の女性が、にこにこしながら顔を見せた。なるほど、似た者夫婦だ。

丁寧に礼を言って、店を出る。

──二十年以上、レストランに勤めていた女が、突然、思い立ってメイドになったのか。

店主は五十代に見えるが、例によって本当の年齢はわからない。すぐ、オペロンで法務局のデータベースにアクセスし、店の登記情報を確認した。法務省のデータベースは、警察の〈ケルベロス〉を経由して調査すれば無料だが、寒川は金を払って、〈ケルベロス〉の外から検索を行った。

──刑事らしく仕事をするのだ。

レストランが登記されたのは、今から三十一年前だ。店主の氏名や住所を控える。ここまでは、問題なさそうだ。

付近で営業しているのは、カフェ、ケバブの屋台、いかにも流行《はや》っていなそうな雑貨屋だった。新しそうなケバブの屋台から聞き込みを始め、二年前にオープンしたところで、奥村のことは知らないと言われた。カフェの女主人は、驚くほど老けていた。今どき珍しいほど、顔にも首すじや手の甲などにも年齢が出ている。六十代、あるいは七十代だろうか。

「この娘さんなら、知ってるよ」

皺《しわ》だらけの口元をすぼめ、女主人が頷く。

「名前は忘れちゃったけど、長いことあの店で働いてたね。あたしはね、シェフと不倫してるんじゃないかと疑ってたんだ」

ふふふ、と小さくふくみ笑いをする。礼を言って、カフェを離れた。あまり流行っている様子はないし、あの女主人では流行りそうもないが、店内は小ぎれいだった。

最後に、雑貨屋に足を運んだ。

――これが刑事の仕事だぞ、丹野。

面倒な仕事に出くわすたび、寒川が口の中で囁く相手は、丹野だ。なんだか丹野が、今も自分の隣にいて、一緒に捜査しているような気がするのだ。自分は若い彼に、本当の刑事の仕事を教え込もうとしている。いつか、自分が警視庁を離れた時に、丹野が立派に本物の刑事としてやっていけるように。ひとり立ちできるように。丹野は穏やかに聞いている。

つい、指先をネクタイのノットに当てた。その下に、丹野が託した〈旭光〉のメダルがある。今日は、メイドの奥村には見せないように、ネクタイを締めてきた。

「ごめんください」

雑貨屋の自動ドアは、開く途中でどこかに引っかかってきしんだ。

三十前後に見える男性と、二十前後に見える女性が、レジの前に立っている。

「こちらのご主人はいらっしゃいますか」

「私ですが」

三十前後に見える男性が、こちらを振り向く。こんなさびれた店の主人にしては、身体をすっきりと手入れしている。隣の女性もだ。口を開くと、男性の声はおそらく五十代ではないかと思うほど、嗄《しゃが》れていた。

「このお店は、長くここで営業されてるんでしょうね」

「ええ、創業して百年ですから」

それはそれは、と口の中でもごもご言う。

「この女性をご存じですか」

奥村の写真に、ふたりはすぐ反応した。

「ええ、知ってますよ。近くのレストランで働いていた人ですよね」

「いつごろから働いていたか、覚えてますか」

「そうだなあ。二十年以上前からいたんじゃないですか。三年前に、急にいなくなりましたよ。うちから近いんで、僕らはよくランチを食べに行ってます」

「そうですか」

店の奥から、激しく咳きこむ男性の声が聞こえると、店主が苛立ったような目を見せた。

「どなたかご病気ですか」

「いや、父ですよ。もう九十近いんで」

礼を言い、店を出る。敵はなかなか尻尾を出さない。今の雑貨屋の主人夫妻は、反応が早すぎるような気はした。二十年以上も昔のことを、それほどよく覚えているものだろうか。こちらが聞きたい情報を、奥村自身の話と齟齬《そご》がなく、てきぱき話すのも気にかかる。

――さて、ここからだな。

寒川は、店を離れ、雑貨屋の出入り口が見えるあたりに立って、しばらく待った。なんとなく、待つ甲斐があるような気がした。

二十分もすると、杖をついた老人が現れた。

脚を引きずるようにゆっくりと、老人は歩いていく。寒いのか、ニットの帽子をかぶり、厚地のコートを着て、マフラーまで巻いている。

充分、雑貨屋から離れるのを待って、寒川は話しかけた。

「ご主人、ちょっとお話ししたいんですが」

「ああ、わかってる。その向こうに公園があるから、そこまで一緒に来てくれ。ベンチがあるんだよ」

痩せて皺深く、気難しさの極致のように、常に顔をしかめている。九十歳近いと店主は言っていたが、近ごろの九十歳は、みんなもっと若々しいだろう。

彼に導かれるまま、小さな児童公園のベンチまで歩いた。呻《うめ》きながら腰を下ろした老人は、杖を身体の前につき、握りに顎を載せた。

「息子夫婦は愚かでな。稼ぎをみんな、若返りに使ってしまう」

なるほど、と先ほどの店舗を思い出す。あのふたりが、店の様子からは分不相応なほど若々しい顔立ちをしていたのは、そういうことなのか。それに対して、この老人は、おそらくいっさい身体に手を入れていないようだ。

「それで、何が聞きたいんだね」

「この女性をご存じですか」

奥村の写真を見せると、じっくりと眺めた後で、首を横に振った。

「――わしは知らんな」

「そうですか」

二十数年前なら、もう息子夫婦に店を譲った後だったのだろうか。

「だが、その女の写真を持って、三年前に男が尋ねてきたことは知っている」

――何の話だ。

寒川は口をつぐみ、老人の言葉を待つ。

「男は息子夫婦に、誰かに聞かれたら、この女が二十年以上前からレストランで働いていたと答えてくれと頼んでいた」

息を呑む。

「三年前、たしかに興信所が訪ねてきたよ。その女の写真を見せて、素性や勤務状況や人柄を尋ねていた。どこかで仕事をするために必要なのか、あるいは結婚でもするのに必要なのか、それは知らん。だが、たしかにその女の写真だった。あのレストランでそんな女が働いていたことは、一度もない」

息子夫婦への諦めと怒りが、老人にその言葉を吐かせたのだ。創業百年、おそらく老人の父か、祖父の代からの店だろう。それを、息子夫婦は守るどころか潰そうとしている。

「頼んだ男は、見返りを渡しましたか」

「金を出したようだった。金額は知らん。息子に直接、渡したんだ」

「どんな男だったか、覚えていますか」

「さあな。わしは奥の部屋にいたから、よく見てないよ。だが、店の中には万引き防止用の防犯カメラがある。回線につながらない、昔ながらの防犯テープに撮るものだ。おそらくあれに写っているだろう」

寒川が躍り上がりたくなるほど嬉しい証言だったが、三年前ならそのテープはさすがに上書きされているはずだ。老人はまだその上に、贈り物をくれた。

「その男は、つい一週間前にも現れたよ。だから、テープがまだある」

「──なんですって」

「本当だ。また誰かが聞きに来るかもしれないからと、金を包んで行った。その金も、あのふたりの皺取りに使ったらしい。わしはもう、あいつらに愛想がつきたんだ」

やはり、奥村はイタリアンの店でなど働いていなかった。彼女は別の何かだった。彼女を速水長官の家にメイドとして送り込むために、三年前と一週間前、工作活動が行われたのだ。確実に彼女を選ぶよう、もうひとりの候補者にはおそらく辞退させた。後で、その候補者の証言も取らねばならない。長官は興信所に頼んで、メイドの素性を調査させた。だが、相手は一枚上手だった。

午後六時になれば、息子夫婦は店を閉め、近くの酒場に繰り出して遊ぶ。その後なら、そっと寒川を店に入れて、テープを渡すことができる。老人の申し出を、寒川はありがたく受けた。

「――何か、お礼をしたいんですが」

たいした金額ではないが、警察の謝金というものも出せる。

老人は怒ったように唇を引き結び、首を横に振った。

「わしを、あのバカどもと同じレベルに堕《お》とすのはやめてくれ」

午後六時すぎにまた来ると約束し、公園を離れて振り返ると、老人はまるで彫刻のように、杖に顎を載せたまま目を閉じていた。

＊

男は高揚《こうよう》していた。

池袋の西口公園で、先ほど応援する野党の衆議院議員候補者の演説を聞いてきたところだ。男は、その候補者の中核になる支持者のひとりだった。

(自由民権党が、何をしましたか！)

候補者は、選挙カーの屋根に上がり、拳を振り上げて叫んでいた。あと二日で選挙の投開票日当日になる。最後のひとがんばりだ。

(国民の生活が少しでも楽になりましたか！　労働者から搾取することばかり考えて、楽になったのは、大企業の経営ばかりではありませんか！）

男はたすきをかけ、候補者に向けて賛意を示すために「その通り！」と拳を突き上げて叫んだ。

今回の選挙は、山が動こうとしているのを感じる。自由民権党の牧原幹事長がいた時代は、あの飄々《ひょうひょう》とした憎めない性格のせいもあり、なかなか支持率が落ちなかった。山浦になってからは、自由民権党もジリ貧だ。それには、山浦の傲慢な性格も多分に関係していると思われる。

多数派の政権与党という驕《おご》りにまみれ、国民の声を聞くことを怠った。それどころか、国民を抑圧する方向へと、国の基本的な方針を変えようとしている。「下々の者など、黙ってろ」と言わんばかりの、高圧的な態度だ。

そもそも、それは自由民権党が忌避《きひ》してきた、全体主義や権威主義的な国々のやり方ではなかったのか。

いま、潮の流れが変わろうとしているのを感じる。今回の選挙では、民意が示されねばならない。そのためにも、男はもうひと頑張りして、候補者を応援するつもりだった。

――あれはなんだ。

自宅に近づくにつれ、パトカーの赤い回転灯が、いくつも見えるようになった。近所で何かあったのだろうか。不審に思いながら近づいていくと、騒ぎが起きているのは男の自宅に間違いないことがわかった。

　驚いて、顔から血の気が引いていく。悪い予感がする。

「ちょっと、通してください！　通して！」

　何重にも取り巻く野次馬の群れをかきわけ、男はパトカーに近づいた。

「何なんですか、いったい！　ここは私のうちですよ！」

　振り向いた制服警官は、ものわかった中年男性に見えた。

「こちらのご主人ですか」

「そうです、いったい何ごとですか」

　玄関から、十代の息子が私服警官に取り巻かれ、出てくるのが見えた。その後ろで、妻が何か懇願するように警察官に話しかけているのが見える。息子が手錠をかけられていることに気づき、男は青ざめた。息子が顔を真っ赤にし、「違う！　僕はやってない！」と叫んでいるが、そのたびに警官にこづかれて泣きそうな顔をしている。

「息子をどうするつもりですか！」

　警察官に食ってかかると、相手は宥《なだ》めるように手を上げた。

「息子さんには、第三者が運営するウェブを改竄《かいざん》した疑いが持たれています。不正アクセス禁止法の違反です」

「そんな馬鹿なこと――」

息子が、子どものころからコンピュータゲームに興味を持ち、その世界では深い知識を持つことは知っているが、犯罪にはまったく関心がないことも知っている。

「うちの息子が、そんなことをするはずがありません。いったい、どんなページを書きかえたというんですか」

「自由民権党の議員のウェブですよ。プロフィールを改竄し、選挙を不利にした疑いがあるんです。失礼ですが、お父さんは対抗する候補者を支援されていますね。あちらで少し、お話を伺えますか」

男は呆然とし、警察官に指示されるまま、パトカーの脇に立って事情聴取を受けることになった。息子がパトカーの後部座席に乗せられ、護送されていくのも、黙って見送るしかない。

男は知らなかったが、前日から、全国で似たような事件が頻発していた。被害者はほとんどが自由民権党の議員で、加害者は対立候補の支援者かその家族なのだった。

自由民権党は今夜、記者会見を開いて、野党が苦し紛れに偽情報を流して自由民権党を陥れようとしているのだと、糾弾する準備を進めている。

そのことにも、男はまだ気づいていない。

10

午前一時にはすでに、騒ぎが始まっていた。

昨夜の午後十時すぎに、自由民権党の山浦幹事長が緊急記者会見を開くと同時に、ネットで会見の模様を中継した。

発表によれば、投票を二日後に控え、全国各地でハッカーによる自由民権党の候補者に対するデマが横行し、不正アクセス禁止法を根拠に逮捕者が数十名出たという。しかも、ハッカーにデマを流すよう依頼した疑いで、対立候補たちが次々に事情聴取を受けていると、山浦は力説した。

『自由民権党は、皆さんの大きな支持を得ています！　しかし、だからといって、デマ、フェイクニュースを流して攻撃するとは、なんという汚いやりくちでしょうか。われわれは、最後の最後まで、正々堂々と戦い抜く所存です。汚いやり方には負けません！』

山浦が画面の中できっぱりと断言すると、記者会見なのに、なぜか拍手が湧いた。

「――なんだこりゃ」

隠れ家のモニターで記者会見を眺め、最上は困惑していた。速水長官邸での殺人事件について、続報の有無を知るため、報道チャンネルをつけたままにしているのだ。

ひとまず浅井とエディは自宅に戻り、ここに残ったのは長官と四名の特殊警備隊員、それに由利だけだった。いま、富永と梶は別室で仮眠を取っている。

――投票の二日前だぞ。

期日前投票ですでに投票してしまった有権者もいるだろうが、二日前にこんな報道が流れると、対立候補に与えるダメージは、限りなく大きいだろう。

しかも、この会見を警察ではなく、党の幹事長が行っていることにも違和感を覚える。逮捕されたハッカーはともかく、候補者が事情聴取を受けている段階で公表するのは、対立候補に対する選挙妨害になりかねない。

事情聴取の状況を知っているのは、各都道府県警察の捜査員だけのはずだ。どうして、山浦幹事長が知っているのか。

「長官が不在の間、警察庁のトップはどなたですか」

ソファに腰かけて両手を組み、食い入るように画面を見つめている速水長官に、メイが静かに尋ねた。長官が、しばし瞬《まばた》きを繰り返した。答えをためらうようだ。

「――警察庁次長の横山《よこやま》君だ」

「その方は、先ほど長官が作成された、警察内部の〈旭光〉構成員リストには名前がありませんでしたね」

メイは追及の手を緩めない。ややあって、長官が嫌そうに頷いた。

「信じられないが、つまりそういうことだな。〈旭光〉の奴らは、以前から私を疑い、裏切りに備えて次長を仲間にしていたんだろう。私が今も長官職にあって仕事をしていれば、こんな記者会見は許さなかった。警察内部にも、私が知る以外に、〈旭光〉メンバーが大勢いるかもしれない」

「――待ってください。つまり、自由民権党の内部にも〈旭光〉のメンバーがいて、党を牛耳っているんですか」

最上は呆れて首を振った。これは、ある意味、クーデターのようなものだ。〈旭光〉は速水長官を陥れ、警察トップから追い落とした隙に、国政の投票という一大イベントを通じて、警察と政治を好きに操ろうとしているのだ。

無言で画面を見ていた由利が、ふいにイヤフォンをタップし、マッチ箱のような黒いプラスチックケースをテーブルに載せた。

「マギから連絡だ」

その言葉が終わらないうちに、ケースから光が出て、マギの胸像の3D映像がテーブル上に浮かんだ。テレビ電話の一種のようだ。妙な光景だが、慣れるしかない。

クーガのトップとナンバー2が、平気な顔をしてブラックホークの社員寮で電話をかけあっている現実にもだ。

『やつらの目的が読めてきたね』

マギはハイネックの白いシャツを着た姿で、長い髪を後ろでまとめ、リラックスした雰囲気だった。

「記者会見を見たのか」

『今度の選挙は、多くの選挙区で与野党の接戦が予想されているんだよ。知ってた？』

日本に戻ってから、選挙に行ったことのない最上は、戸惑って口をつぐんだ。

『知らないんでしょう、いけないなあ。僕はつい数週間前に日本に戻ったばかりだけど、すぐにそのくらいのことは調べたよ』

マギがくすくす笑っている。子どものように無邪気な笑い声だ。

『たいへんだよ、こんな報道で浮動票が自由民権党に流れたらさ。あっという間に彼らは過半数どころか、三分の二、下手をすると四分の三あたりに到達するかもしれないね。そうなると、何でもやりたい放題じゃないかな』

由利は無言で腕組みし、マギの言葉に耳を傾けている。この男は、マギには心酔しきっていて、彼の命令には何でも従うつもりのようだ。なぜマギがそれほど由利の信頼を勝ち得たのか、最上は不思議だった。

「投票は二日後だぞ！」

速水長官が唸っている。

『だから、明日が勝負です』

マギは投げ出すようにあっさり言った。

『明日の夜には、やつらの企みを暴いて、ニュースが流れるようにしなくちゃ』

——たった一日で、そんなことができるか。

マギが何か言いかけていたが、最上が顔をしかめた時、ポケットでオペロンが振動した。ヘッドセットに、傍若無人でかん高い声が飛び込んでくる。

『ちょっと！　長官と話したいの』

長久保玲子警視だった。とりあえず最上はオペロンをテーブルに載せ、スピーカーモードにした。

「どうぞ。スピーカーにしています。ここにいる全員が話を聞かないと、間に合わないくらい大変な状態でね」

『全員って誰がいるの』

状況を説明すると、長久保が声を押し殺した。

『まさかと思うけど、私を破滅させる気？』

無理もない。クーガのテロリストがふたりも聞いているのだ。マギは笑っているが、長官は頭を抱えた。

「長久保君、大丈夫だ。君のことは何があっても守るから、話してくれ」

『冗談ですよ、長官。こうなった以上、私も腹をくくってます。お電話したのは、例の刑事が面白い証拠を見つけたからです』

例の刑事とは、以前、病院の処方薬にメモを入れてきた寒川という男のことだ。長久保の言葉に、俄然《がぜん》、長官の熱もこもる。

「何の証拠だ？」

『長官の家にいた、奥村千里《ちさと》というメイドの素性についてです。まず、奥村千里というのは本名ではありません』

本名は千草苑子《ちぐさそのこ》という。

寒川刑事は、イタリアンレストランに勤務していたというメイドの履歴書が嘘だと突き止めた。しかもメイドは、長官が手配した興信所を信用させるため、周囲の店舗に人をやり、嘘をつくよう交渉させていた。交渉役になった中年男性の写真を手に入れ、顔認識でそれが立川で探偵事務所を開く男だと突き止め、探偵事務所の銀行口座の入出金履歴から、三年前と一週間前、金を払ったのが、都内にある宗教団体の事務所だとわかった。

「宗教団体？」

長官がいぶかしむように首をかしげる。

『神道系の新興宗教なんですよ。「いやさか教」っていうんです。そして寒川刑事が「いやさか教」の信者に近づき、メイドの写真を見せると、これは千草苑子という幹部だと証言したそうです。それから、「いやさか教」のサイトを今すぐ見ることはできますか？』

『僕がやるよ』

マギが後を引き取り、自分の３Ｄ映像の隣に、「いやさか教」のページを表示させた。

金色の鳳凰《ほうおう》の彫刻をトップに据えた、神々しいデザインだ。教祖は高齢の男性で、神職の服装をして写真におさまっている。

『鳳凰の宝冠に刻まれたマークを見てください』

長久保が言う。

最上は目を凝らし、息を呑んだ。

――〈旭光〉だ。

警察の紋章は五角形を基本にした〈朝日影〉で、六角形を基本にしたものが〈旭光〉。同じシンボルが、〈いやさか教〉の鳳凰にも使われている。この宗教団体は、〈旭光〉と関わりがあるらしい。その幹部が名前を変え、素性や経歴を隠して速水長官の邸にメイドとして潜入したとなれば――。

『寒川刑事は、執事の梅野さんが心肺停止状態になった時刻が、長官の車が自宅の前に到着するより早かったことを示す証拠も保全しました。紙に印刷したものが、いま私の手元にあります。まずこれで、長官の嫌疑は晴らせます。なにしろ、殺人が起きた時刻に長官の自宅にいたのは、被害者と不審なメイドだけですから』

長官がホッとひと息つくのがわかったが、長久保はそこで手を緩めず、畳みかけるように次の話題を繰り出した。

『寒川刑事の証言によれば、公安第五課の課長は、この証拠が鑑識から上がると、時計が狂っていると言って握り潰したそうです』

「――江島君だな」

その名前は、長官が作成したリストにもある。テロリストのクーガに対応すべく立ち上げられた公安第五課という部署も、なんのことはない、すっかり〈旭光〉の手に落ちていたわけだ。

「たった一日や二日で、よくここまで調べてくれた。感謝するよ、長久保君」

『そのお言葉は早いと思います、長官』

長官が感激の面持ちで告げると、長久保が冷たくあしらった。

『まだ決着はついてません。きっちり相手の首を取るまで油断は禁物です。私たち、共倒れになりますよ――なにしろ犯罪者中の犯罪者、クーガと手を組んでいますし』

鈴を転がすような声で、マギが笑いだした。

『楽しい人だ。僕は、長久保警視のファンになりそうですよ』

『あなた誰。クーガのマギって本当なの』

『いずれご挨拶させてください。それより、警視にひとつお尋ねしたいのですが、今のお話について調査や検索をされる際に、〈ケルベロス〉を使いましたか』

『いっさい使ってない』

『――ほう。なぜです』

『寒川刑事から、江島五課長も〈旭光〉に関係している可能性が高いと聞いたから。〈ケルベロス〉を使えば、江島さんに警告が飛ぶかもしれないと言われた。だから、寒川刑事も登記情報を調べるのにわざわざ法務局のシステムを利用しているし、探偵の顔写真検索も、ネットの顔認識システムを使った』

『さすがです』

マギの3D映像がにっこりする。

『今後とも、この件で〈ケルベロス〉を使うのはやめてください。あれは、予想以上によくできています。なにしろ、収集している情報量が半端じゃないですから』

「君は、もう〈ケルベロス〉に侵入したのか？」

いささか慌てた様子で、長官が尋ねた。

『もちろんです。それが僕の特技ですから。あれは正直いって、情報収集の法的な根拠が希薄ですね。もし、僕らのオペロンに秘話機能のアプリが入っていなければ、この通信も傍受されているところです。通信内容だけじゃない。ごく普通の街角の、防犯カメラの映像も、ネットワークを経由しているものならすべて抜き取られ、〈ケルベロス〉の監視を受けています。指名手配されている犯罪者を捜すくらいなら、まだ可愛げがありますが、挙動不審な行動をすると、それだけでマークされて、その後もずっと防犯カメラに写るたびに、行動を監視し続けられるんです。まあ、それでスリや窃盗犯を現行犯逮捕した例もあるようですが。問題は、それだけ膨大な情報を〈ケルベロス〉が収集し、扱っているということを、ほとんどの国民が知らないことです。そうだろう、ブラックホークの皆さん。知ってた？』

――なんだと。

最上も驚きを隠せず、首を横に振った。

「知るわけがない」

「確かに問題はあるが、〈ケルベロス〉のおかげで先月は、羽田空港内に爆発物を持ち込もうとした男を未然に逮捕することができた。こうしたケースでは、常にプライバシーと安全が対立するから」

『それでは、〈ケルベロス〉がやっていることは、長官もご存じでしたか』

「――少なくとも、決裁したのは私だ。警察の活動に有益だと認めたから」

しぶしぶ長官が頷く。

『これは、これは。それでは、今だけは緊急避難として僕たちも長官と手を組みますが、〈旭光〉が片づけば、意見の相違で袂《たもと》を分かつしかないですね』

マギが皮肉な笑みを浮かべた。

『僕は、〈旭光〉を倒すためには、〈ケルベロス〉を壊すのが最善と考えています』

「――なんだって」

『〈ケルベロス〉は情報を収集するだけじゃないんです。情報を改竄できるんですよ』

「何の話かね」

『それでは、長官は肝心のその部分については、聞かされていないんですね。〈ケルベロス〉は、膨大な情報を収集した後、利用者が「こうあってほしい」という結論を教えれば、その通りになるように情報を改竄するんです。事実を書き換える仕事に就く人たちが、ジョージ・オーウェルの「1984年」に出てくるでしょう。〈ケルベロス〉は、それはもう、ミスばかりする人間と違って、恐ろしいほどの精度で、不整合が起きないようにデータを置き換えてくれますよ』

「──なんだって」

ぽかんと長官が口を開けた。

「証拠を捏造《ねつぞう》すると言っているのか？　いくらなんでも──そんなことを警察官がするはずがない」

『一般の警察官はしませんよ。代わりに〈ケルベロス〉がやるんです。一部の汚れた警官が〈ケルベロス〉に指示するだけで、倫理や道徳などいっさい考えずに、てきぱきとデータを書きかえてくれますって。良心なんて面倒なものはありませんからね。そういう意味では、人間よりずっと扱いやすい』

「そうか！　急に〈旭光〉の動きが激しくなったのは、〈ケルベロス〉が完成したからか」

最上はようやく気がついた。速水長官を殺そうとしたり、ブラックホークの警護がつけば、長官に殺人の疑いをかけたりと、しつこく警察権力の頂点に立つ速水を攻撃し続けたのも、そのためだ。〈ケルベロス〉が完成し、その能力を百パーセント活用するために、速水が邪魔になる。彼を排除する機会を待っていたのだ。

『そういうこと。もうひとつはやはり、選挙に利用するタイミングを、ぎりぎりまで待っていたんだろうね。今回、ハッキングで偽ニュースを流して逮捕された人たちの多くが、〈ケルベロス〉の証拠捏造によるものだと僕は考えている』

「そういうことなら、いったん〈ケルベロス〉が稼働すれば、あとは幾何級数的にやつらの動きが速度を増すはず。敵対するグループを〈ケルベロス〉を使って排除していけば、誰もやつらを止められなくなる」

しばらく無言だったメイが、ようやく重い口を開いた。

『そうなる前に、止めるしかないね』

マギは、一緒にサッカーの試合でも観に行こうか、というくらい気軽に応じた。

「クーガの魔術師なら、さっさと〈ケルベロス〉を潰せばいいじゃないか。それでやつらは手も足も出なくなるんだろ」

『さすがは、短絡的だっていうフラッシュの昔馴染らしい言い方だな。僕はもちろんそのつもりだが、〈ケルベロス〉を物理的に潰すだけでは意味ないんだ。何年か前、当時の警視庁のシステムを潰し、ひと月ほど警察機能をマヒさせたことがある。だけど、金と時間をかければ同じものを復活させることが可能だ』

「だが、あんたは〈ケルベロス〉に侵入できるんだろう。それなら、〈ケルベロス〉を好きに操ることもできるはずだ」

『あのさ、僕が〈ケルベロス〉に侵入して、内部のデータを覗き見するのは問題ないけど、もし〈ケルベロス〉のデータを書き換えてしまうと、逆に困ったことになるんだよ。僕らは〈ケルベロス〉の違法性を指摘したいんだ。だが、それが僕の——クーガのやったことだと言われたくないだろう？』

最上は言葉に詰まった。

「——なら、どうする気だ」

『自分で考えなよ、ブラックホーク。僕はとりあえず、〈ケルベロス〉を壊す方法でも考えておく。前回、警察のシステムを破壊した時は、マルウェアを使ったけどね。すべてのタイムリミットは明日の夜だ。明後日《あさって》、みんなが投票所に出かけるまでに、こっちの仕事を終えないと。——まったく、さっさと電子投票にしてくれれば、こんなに面倒なことはせずにすんだのに』

電子投票なら、結果を好きに改変できると言いたげに、マギは朗らかに笑った。

『じゃあ、もう行くよ』

「待て。まだ聞きたいことがある」

『早く聞けば？』

「どうしてクーガは〈旭光〉と対立するんだ？　何か理由があるのか」

まともな答えが返ってくると、期待していたわけではない。だが、マギについてはブラックホークにも情報が少なすぎるのだ。何でもいいから、彼や彼の思想について知りたい。

マギはしばらく、無言だった。

『――僕はしばらく、外国にいた』

数週間前に日本に戻ったばかりだとも話していた。

『外国で僕は、ある研究プロジェクトを立ち上げていたんだ。成功すれば、世界中を資源やエネルギーの不足から救えるような、巨大な恩恵を被る研究だ。成功は間近だった。だが、ひと月前に〈旭光〉の仲間が現れて、研究所を破壊していった』

何の研究かと尋ねたい衝動にもかられたが、話の腰を折ると、この男はへそ曲がりだから口を閉じてしまうかもしれない。そう感じるくらいには、マギの性格が読めてきた。

『〈旭光〉がのさばってる限り、僕の理想は実現できない。邪魔するやつは潰す』

マギは、力強く宣言すると、通信を切って姿を消した。

――正直、クーガがよくわからない。

以前から信じていたような、単純で粗暴なテロリスト集団とは違う。特に、マギには考えがありそうだ。

長久保が咳払いして注意を引いた。

『長官の無実を証明し、真犯人のメイドを逮捕することはできますが、それを今やると、私と寒川刑事が長官側にいることが、やつらにばれてしまいます。やつらの首根っこを押さえた時に、同時に明かすべきです』

長久保警視の言うことも、もっともだ。彼らは警察内部の、事情をよく知る数少ない貴重な協力者だ。ぎりぎりまで、こちらの手の内は敵に明かしたくない。

「由利、何か意見は？」

最上は、闘士の彫像のように黙って立つ由利を見上げ尋ねた。由利は首を横に振った。

「俺から提案はするなとマギに言われている。俺はクーガとブラックホークの中継役だ。マギが考えそうなことならだいたいわかるから、クーガに頼みがあるなら、とりあえず俺が聞いて判断する」

──なんとまあ。

いつからマギの秘書になったんだとぼやきたい気分を抑え、身を乗り出して長官とメイに視線を移した。

「──〈ケルベロス〉を亡きものにするには、その存在と目的を国民に知らしめることだと俺は思います」

　どんな手段で、〈ケルベロス〉が情報を集めているのか。その情報がどのように利用されるのか。証拠の捏造にいたっては言うまでもない。マギの話が本当なら、実態を広く知らせれば、国民が怖気《おぞけ》をふるって反発するだろう。

「――だが、私は〈ケルベロス〉の開発を承認した立場だ。みんなは私の話を信用するだろうか」

　長官が不安な表情になる。

「長官は、〈ケルベロス〉が証拠を捏造することは知らなかった。あくまで、情報収集が犯罪の防止に活用できると信じていたのでしょう。最終的に開発を承認したのが長官なら、本当の目的を隠して承認させたのだから、その決裁は無効です。つまり、〈ケルベロス〉はその存在が違法なんです」

　長官を説得するために話しながら、最上は自分自身がだんだん憤りを覚えていることに気がついた。

　――怒りだ。

　この状況から脱出するには、腹の底からの怒りが助けになる。

　そもそも、犯罪捜査を行う警察組織が、ごく一部の誰かに都合のいいように、捜査の結果や証拠を改竄したり、捏造したりするなら、それ自体が犯罪ではないか。

誰も気づいていないというのも、大問題だ。いま怒るのは、気づいた人間の責務だった。

『しゃくですが、ブラックホークの提案は使えます。長官が〈ケルベロス〉の違法性を訴えれば、耳を貸す人はいるでしょう。長官がいま、警察から姿を隠していることの説明にもなります。ですが、問題がひとつ。〈ケルベロス〉が証拠を捏造しているという証拠が必要です』

――証拠を捏造しているという証拠。

長久保警視の指摘に、頭を抱えたくなる。たしかにそうだ。それは、犯罪者として知られるクーガが提示しても、世間が信用しない。だから、マギを頼ることはできない。不整合が起きないように、精密に情報を書きかえていくという〈ケルベロス〉を相手に、どうすればそんなことができるのか。

「〈ケルベロス〉を開発した人間がいるはず。その人たちに証言させる手はどう」

メイが言いながら、オペロンをひとつ取り、何かを調べ始めた。

「――あった。〈ケルベロス〉の開発は、三年前にパートナーシステムズが入札に勝って請け負っている。パートナー電工の子会社だ」

パートナー電工と言えば、〈旭光〉の構成員だった次期社長が暗殺されたばかりだ。それなら、子会社も〈旭光〉の息がかかっていると見たほうがいいだろう。当然、だからこそ〈ケルベロス〉の開発を任せられたのだ。

「そう簡単に、証言する奴がいるかな」

――しかも、明日までに。

「〈ケルベロス〉の開発が始まった後に、退職した人間を捜すんだ」

メイがきっぱりと言った。

「開発には大勢の社員が関わったはずだ。その全員が〈旭光〉のシンパで、これほど脱法的なシステムを開発するのに賛成だったとは思えない。中には、反対して辞めた人間もいるかもしれない」

「かもしれないが――」

「最上、今はいろんな方法を手探りでも試してみるべきだ」

もちろん、メイの言う通りだ。だが、残された時間はあまりにも少ない。

「ブラックホークの力を結集するなら今だ」

メイの黒々とした大きな瞳を、最上は覗き込んだ。そうだった。自分はいま、ブラックホークの一員なのだ。特殊警備隊にいると、このチームのことしか考えられなくなってしまうが、ブラックホーク社には、一万人を超える警備員が勤務している。

「──そうだな。浅井隊長に頼んでみよう」

最上も同意した。話しているうちに、いくつか別のアイデアも浮かんだ。とても良いアイデアのように思えたが、実行するには、須藤課長の許可が必要になりそうだ。

「それに、不正アクセス禁止法で逮捕された人たちの証言も欲しいな。一定の政党への偏りが見られる可能性がある。それこそ、人手が必要になるかもしれないが」

『そっちは、寒川刑事と私がなんとかする。各都道府県警察に、データを提出させてもいいわね。〈ケルベロス〉を使わず、メールか何かで』

長久保警視が頼もしく請け合い、この夜は通信を終えることになった。午前二時だ。

「長官は、どうぞ休んでください。明日は、〈ケルベロス〉を告発する長官の動画を撮らなきゃいけない。俺たちは、後で仲間と交代して休みますから」

「──すまない」

速水長官が立ち上がり、最上たち三人を見回した。

「ひとつだけ、言っておきたい。君たちは、何が起きても生き延びてくれ。ブラックホークとクーガという、傍から見れば対立する組織にいる君たちだが、並々ならぬプロ意識という点では共通しているようだね。しかし、くれぐれも命を惜しんでほしいんだ。仕事で命を捨てるのは、プロじゃないよ。須藤君を悲しませないでやってくれ」

答えようもなく、最上は黙って長官を見送った。もともと無口なメイは、氷のように硬い表情ですぐ自分の作業に戻ってしまった。由利の反応は——見るのも怖い。

——俺たちが死んだくらいで、デーモン須藤が悲しむかな。

張が死んだ時は、悲しむというより怒りを腹の底にたたえ、それにじっと耐えている印象だった。感情の爆発をどうにか抑え込もうとしている様子ではあった。

首をひねりながら、オペロンで浅井隊長に通信を申し込んだ。何時でも、用があれば連絡しろと言われている。

『——どうした』

その言葉通り、即座に浅井から反応がある。

「いま、マギと長久保警視を交えて、みんなで今後の打つ手を相談していたんですが——」

話しだすと、次から次へと言葉があふれ、簡潔にまとめるのに苦労した。浅井は黙って耳を傾けている。

背後にいた由利が、するりと別のソファに近づき、横になるのを目の端で見ていた。腕を枕に目を閉じて、少しは休む気になったようだ。

——あいつも人間だもんな。

どことなく、ホッとする。

不思議な時間が流れている。

11

ほとんど夜を徹して駆け回り、明け方に社会部に帰ってきて、倒れこむように自席に座り、机に突っ伏して寝てしまった柳田未知記者は、フロアに二台だけ残った固定電話のひとつが鳴っていることに気づいて目を覚ました。

――ああ、放置したい。

このまま眠りたい。何も考えずに、せめて三時間は寝ていたい。

だが、呼び出し音を三回聞くと、柳田の身体が勝手に起き上がり、よろめくように電話に向かった。

「――はい。読朝タイムスです」

『柳田さんはいますか』

低い男性の声だ。年齢はよくわからない。

柳田はあくびをこらえた。

「はい、私ですが。ご用件は」

『──ついに始まりましたね』

「はあ」

何が始まったというのだ。

『記者の柳田さんですね。以前、封筒を送ったんですが、届きましたか』

それで、いっぺんに目が覚めた。

「封筒──あれを送ったのはあなたですか」

『そうです。いつか来る日のために、誰か、記者の方に持っていてもらおうと思いました。記事をずっと読んでいて、あなたなら慎重そうだし、好奇心が旺盛だから、捨てずに保管してくれると思ったので』

「あれはいったい何ですか。あの、まずはあなたのお名前を」

急いで自分のオペロンを出し、メモを取る準備をする。メモを取るのは簡単で、固定電話をスピーカーにして、オペロンのマイクに会話を聞き取らせるだけでいい。

『あれはコンピュータのコードです。名前は言いたくない。特に電話では』

「──それじゃ」

『お会いしたいんです。直接どこかで』

「何の話なのか、まずはそれを聞かせていただけませんか」

『ついに始まった〈沈黙の時〉についてです。これ以上、電話で話すことはできません』

相手はかたくなだった。

——賭けだな。

ちらりと見たが、社会部デスクの席には、いま誰もいない。朝方すべての仕事が終わり、無事にニュースを配信した後、デスクは仮眠室に行ったはずだ。自分で判断するしかない。

——まあ、いつもやってることだ。

「わかりました。これから会えますか。場所は——」

*

ベランダの下の道路を、朝まだきから選挙カーが走り抜けていく。ウグイス嬢が、選挙区の候補者の名前をスピーカー越しに連呼している。

みんながオペロンを一台は持つ時代になっても、今でも投票は紙で行われ、選挙運動は選挙カーに乗った候補者とウグイス嬢が、絶叫調で党名と候補者の氏名を連呼し、あっという間に通り過ぎてしまうので、政策についてはは語っていても誰も聞いていない。何十年も前から進歩していない。

明日が投票という今日、マイクを握る女性の声は、焼き切れたゴムのように擦り切れてボロボロだった。

午前三時に、目を覚ました富永と梶が交代要員になり、メイと最上は仮眠を取った。五時間ぐっすり眠れたので、もうすっきりしている。

「由利。マギに頼みがあるんだが」

「なんだ」

ベランダに出てくる気配を感じ、由利に声をかける。この男も、朝は太陽の光を浴びないと起きた気がしないというタイプだ。ボクサー時代は、早朝から走っていた。今は自堕落な生活をしているかと思ったが、意外とそうでもないらしく、朝からプッシュアップを始め、こんな時までトレーニングを欠かさないつもりらしいのに呆れた。

「俺たちも外に出て、調査に加わりたい。今は、事情をよく知る人間が、ひとりでも多いほどいいと思うんだ。マギなら、見つからずに外を動けるいい方法を知ってるんじゃないか」

「――お前、マギにそれを頼むのか」

由利は隣に並び、呆れたように言った。

「あつかましいのはわかってる。ブラックホークがクーガに頼むことじゃないがな」

「――まあいい。あいつは、そういうあつかましさは好きだろう。頼んでみる」

オペロンを出し、何か話しかけて、すぐポケットにしまった。

「考えてみるとさ。マギがそういう時には、わりと勝算がある。期待してろ」

あいかわらず無愛想で、取り付く島がない態度だが、由利の言葉に最上は目を丸くした。

「――本当にあいつは魔術師のようだな」

「今さら」

「なあ、由利。車ごと川に落ちた時、よく生きてたな。車は川底から見つかったが、お前もニードルも見つからなかったから、ひょっとすると逃げたかなとは考えていたが」

「銃撃するために窓が開いていたからな。着水するとすぐ、窓から水が入ってドアは楽に開いた。後は水に潜って泳ぐだけだ。俺もニードルも、泳ぎは得意だ」

「――心配するほどのこともなかったか」

ふん、と由利が鼻を鳴らす。くだらない話をしていると言いたげな、つまらなさそうな顔をしていた。

最上は、昨日からずっと考え続け、悩みすぎて頭痛の種になりつつあった質問を、思い切って由利に投げることにした。

「――なあ。俺はクーガを誤解していたのか？　今までお前たちはずっと、孤立無援で〈旭光〉と戦っていたのか？」

振り向いた由利が、唇をにっと横に引いた。

「なんだ、クーガに興味が湧いたか？　俺たちと一緒に来る気があるなら、あの提案はまだ有効だぞ」

「そうじゃない」

由利は、再会してすぐ、クーガに勧誘したことを言っているのだ。

「俺は真面目に聞いてるんだ。クーガは、ただの反政府テロリストじゃないのか？　お前たちが戦っているのは、いったい何だ？」

「少しはブラックホークで面構えが変わったかと思ったが、やはりまだ甘ちゃんのようだな」

由利の顔には、呆れたような表情が浮かんでいる。

「俺たちが何者か、自分の目で見て、自分の頭で定義してみろ。俺は俺、クーガはクーガだ。マギは他人が自分をどう定義しようと、歯牙にもかけないだろうよ」

「あいつのことなら、何でも知ってるように言うんだな」

「――――」

由利はじろりとこちらを睨み、知らん顔をして居間に戻っていった。

――ちぇ。

そして、ふいに思い出す。由利は以前、最上のマンションに侵入するためだけに、ニードルがマンションの管理室にいた無関係な人々を殺しても平然としていたのだった。

*

「今日も遅くなるから、学校から帰ったら、戸締りをしっかりしてな」

高校生になる息子に、毎朝、いちいち同じことを言って出かける自分も、寒川はどうかと思っている。

案の定、泰典はオペロンで友達に何かメッセージを返しながら、「うん、わかってる」とこちらを見もせずに返事した。おなじみの朝の光景だ。息子に反抗期があったのか、なかったのか。それすらも、寒川にはよくわからない。妻が早くに亡くなり、男ばかりの家で、おまけに寒川は刑事の仕事で不在がちだ。互いに妙な遠慮と、へだたりがあった。

自分よりむしろ、寒川の妹の晶子《あきこ》が、面倒を見てくれている。

――俺は一生、こんな感じで息子と接するしかないんだろうな。

腹を割って話しあうとか、泰典の悩みを温かく聞くとか、そんな父親にはなれそうもない。おそらく泰典だって、そんなことを自分に求めてはいない。求めたって無駄と知っているからだ。

何年かすれば、寒川も定年だった。定年後の人生など、考えたこともない。趣味に生きられるほどの趣味もなく、結局また何か仕事を見つけて、働くのだろうと思う。

電車に乗り、雑司ヶ谷に向かいながら、寒川はオペロンに届いたリストを見つめた。昨夜遅く——というより、ほぼ今朝がた、長久保警視が送ってきたものだ。都内で昨日、選挙活動を妨害したとして、不正アクセス禁止法に則り、大勢の逮捕者が出た。そのうちの何人かのリストだ。

(彼らは、捏造された証拠をもとに、逮捕された可能性が高いんです)

長久保が書いていた。

(その証拠が捏造されたのだと、言い切れる何かがあればいいですが、それが無理なら、ひとりひとりのプロファイルを調査してください。なぜ彼らが狙われたのか、そこになんらかの傾向があるはずですから)

——警察官が、証拠を捏造して冤罪《えんざい》をつくる。

寒川は身震いした。素面《しらふ》では、とても聞けないような話だ。自分は長年、警視庁で働いてきた。事件の捜査をする時は、事実と証拠をひとつずつ積み重ね、真実を求め続けた。

——捏造だと。

冗談ではない。そんな〈ケルベロス〉を構築したのが〈旭光〉だというのだ。自分が追い続けてきたものの、黒々と醜い実体が、ようやく現れたようだ。

とはいえ、警視サマは、難しいことを要求している。なにしろ、この寒川ときた日には、オペロンと〈ケルベロス〉の使い方を覚えたのすらごく最近で、おまけに〈ケルベロス〉では公安第五課の報告書を読むくらいの使い方しかしていないのだ。そんな人間に、不正アクセス禁止法などと言われても困る。

オペロンに着信があった。

『寒川。なんだ、捜査は進んでるのか？　報告書が出てないが』

横柄な声は、五課長の江島だった。速水長官邸で執事が殺された件は、自分の中ではとっくに解決済みだったが、それをまだ江島に話すわけにはいかない。

「ええ、やってますよ」

とぼけて応じる。

「報告書は、そっちに帰ったら手書きでやりますよ。待っててください」

手書きじゃ困るよとかなんとか、江島はぶつぶつ言っていたが、いま電車の中だからと口を濁し、寒川は通信を切った。今日の夜まで、とりあえず公安第五課に戻るつもりはない。

雑司ヶ谷の駅で地下鉄を降り、オペロンの地図を頼りにとぼとぼと相手の家を探す。地図は、寒川が唯一、オペロンでまともに使いこなせる機能かもしれない。

報道関係者が殺到しているかと心配したが、周辺は静かだった。昨夜だけで数十人の逮捕者が出たそうだから、記者も手が回りかねているのかもしれない。

あるいは、不正アクセス禁止法による逮捕者が、こんな規模で出ることなど今までなかったから、いくらなんでもこれは変だと、報道関係者も感じ始めているのだろうか。

そう、一抹の期待も抱く。

「弓谷《ゆみたに》」と表札の出た、戸建て住宅を見つけ、リストと表札を何度も見比べる。

——ここだ。

インターフォンを鳴らすと、中年女性の声で応答があった。警戒心の強い、若干おびえたような低い声だった。

「警視庁の者です。お話を伺いたいことがありまして」

沈黙の後、玄関のドアが開くと、声の印象とそっくり同じの、目に不安をたたえた女性が現れた。

「息子のことでしょうか」

寒川はリストに視線を落とした。なるほど、弓谷克実《かつみ》というのは、彼女の息子なのだ。長久保の話が本当なら、彼女の息子は捏造された証拠をもとに逮捕されたことになる。

年齢の欄に十六歳と書かれたリストを見直して、寒川は軽く下唇を吸い込んだ。

——泰典とあまり変わらないじゃないか。

息子が逮捕されることを想像し、ぞっとする。彼女の心配が深刻に伝わってきた。

「弓谷克実さんについて、少しお伺いしたいことが——。お母さんですか」

「そうです」

「お父さんは今、いらっしゃいますか」

「警察署に行ってます。息子のことで」

彼女は目の下にクマをつくり、げっそりとして今にも倒れそうな気配だった。

「ちょっと、座りませんか。玄関先をお借りしても？」

彼女の同意を得て、玄関に腰を下ろす。

「そもそも、息子さんは何をやったと言われたんですか」

彼女は怪訝《けげん》そうに、寒川を見つめた。

「自由民権党の候補の、プロフィールを書き換えたと言ってました。浮気して隠し子がいるとか、誹謗中傷する内容だったそうです。あの子がそんなこと、するわけないのに——」

「どうしてそんな疑いがかけられたんですかね。何を言われたか、詳しく思い出してもらえませんか」

さぞかし不審な質問だろうと思うが、藁《わら》にもすがる気持ちなのか、彼女はぽつりぽつりと思い出しながら話しだした。

「父親が、対立候補の——ご存じですか、自由憲政新党の三宅《みやけ》さんを応援していて、支持者の団体を取りまとめているんです。だから息子も、父親の力になるつもりでそんなことをしたんじゃないかって。明日が選挙だというのに、三宅さんにまで事情聴取をしているようで、もうどうしたらいいのか」

寒川は手帳にメモを取る。

「息子さんは、ハッカーというんですか、コンピュータに詳しいんですか」

「いいえ。ゲームは好きですけど、そんな勉強はしてません」

「それじゃ、無理がありませんか」

「誰でもかんたんに、サイトを書き換えられるようになるマルウェアがあって、それをダウンロードして使ったんだと言ってました」

カタカナ用語ばかりで、寒川にはちんぷんかんぷんだが、警察はそれなりに理由を用意していたということだ。

「証拠は出たんですか」

「わかりません。息子のパソコンやオペロンを押収されましたけど——。私はそういうもののことはよく知らなくて」

よく知らないのは寒川も同じだった。

――まいったな。

「念のため、息子さんの部屋を見せていただいてもいいですか。何か、手がかりが残ってないかと思いまして」

「どうぞ、こちらに」

彼女は、寒川が息子を告発するために来たのではないと、勘づいたのかもしれない。積極的に、二階に案内した。

息子の部屋は六畳間で、十六歳の男の子らしく、アニメの少女が笑顔で並んだポスターが壁に残っている。机の上が、妙にすっきりと片付いているのは、パソコンを持ち去ったからだろうか。

「彼らが持っていったのは、パソコンとオペロンだけですか」

「だと思います。オペロンは、高校の入学祝いに買ってやったもので」

寒川は室内を見てまわったが、どんなに探しても、紙のノートや手帳などは見つからなかった。今どきの子どもたちの部屋だ。子どものころからずっと、何か書く時は端末に指や電子ペンで書き込むし、ほとんどの場合は口述筆記でノートも取る。それが全て、持っていかれたのだ。

「――ありがとうございました。ひとまずこれで」

寒川が部屋を出ると、母親はがっかりしたような顔をした。てっきり、寒川が手がかりを発見し、息子は犯人ではないと言ってくれると期待したのだろう。

そのまま玄関まで来ると、ちょうど父親が帰ってきたところだった。こちらも、夜通し警察にいたらしく、げっそりとして涙目だ。

「――警視庁の寒川です。息子さんの部屋を見せていただいてました」

寒川が警察手帳を見せると、父親の目に怒りが灯《とも》り、それが精気を与えた。

「息子に何の罪があると言うんですか！　十六歳の子どもですよ！　私が自由憲政新党を応援しているからと言って、息子に何の関係が――」

「弓谷さん、落ち着いてください」

食ってかかる父親を宥める。

「私は、息子さんが犯人ではない証拠を捜しているんです」

父親はあっけにとられて目を剝き、母親がそんな彼に飛びつくように腕を抱えた。

「残念ながら、二階の部屋も見せていただきましたが、証拠になるものは見つかりませんでした。すでに、すべて押収された後で」

「――」

「これから、他に逮捕された人たちの家にも行って、事情を聴いてきます。何か、見つかるといいんですが」

「本当に、本当に息子が無罪の証拠を集めてくれるんですか。あなたも警察の人なんでしょう？」

父親が青ざめて尋ねる。

「そのつもりです。ただ、ハッキングとかそういうことが得意ではないので、正直、私も弱ってますがね」

うつむいて何か考えていた父親が、ふいに顔を上げた。

「自由憲政新党の候補者を応援している人たちの中に、私たちと同じ目に遭っている人がいるんです。もし良ければ、詳しい人間がいないか声をかけてみます」

――そうすることで、何か問題が起きるだろうか。

寒川は頭の中でシミュレーションをしてみた。ひとつ、自分が速水長官の事件ではなく、別件を追いかけていることが、五課長にバレる恐れがある。ひとつ、〈ケルベロス〉がデータを捏造できることを知っている人間がここにいると、教えることになる。ひとつ、長久保警視に勝手なことをするなと叱られる恐れがある。

――ふん、まあいいか。

どうせ今のままでも、五課長には睨まれている。長久保警視は上司ですらない。自分が〈ケルベロス〉の秘密を知っていることがバレても、これ以上、何かが悪くなることはない。

――たぶん。

「そうしてもらえると、助かります」

寒川の言葉に、父親は俄然はりきり、自分のオペロンに飛びついた。リストの残りに事情を聴くため雑司ヶ谷を離れなければいけない寒川に、協力してくれる人が見つかれば、すぐ知らせると言ってくれた。

それだけでも、まったく成果がないよりはマシだった。

12

『――警察庁長官の速水です。皆さんの前に姿を見せず、このように動画で証言することを申し訳なく思います。現在、私は、ある組織に命を狙われているからです』

誰にでも見られるよう、そして〈旭光〉の手でかんたんに消されてしまったりしないよう、海外の動画サイトを含め、さまざまな場所で動画を公開した。もちろん、新聞など配信会社などにもデータを送った。

『私は、たびたび命を狙われて身の危険を感じ、ブラックホーク社に警護を依頼しました。ブラックホーク社の特殊警備隊はたいへん優秀で、敵は私を殺すことをあきらめ、かわりに自宅で働いてくれていた男性を殺害し、私に罪を着せようとしました。そのため、いったん身を隠す必要に迫られたのです』

速水長官は、カメラの前で話すことにも慣れている。ダークなスーツがよく似合い、落ち着いた態度で、信頼感を与えようとしている。

動画を撮影したのは隠れ家だったが、場所を特定されないよう、窓を閉め切って照明をつけ、壁に白いシーツを張り、壁材も見えないようにした。

『私を狙っている組織については、ひとまずおきます。今回、どうしてもこの動画を公表しなければいけないと考えたのは、明日の衆議院議員選挙の投票日を前に、その組織が暴走を始めたからです。彼らは、警察庁が開発した新しい犯罪捜査システム、通称〈ケルベロス〉を悪用し、選挙の結果を左右しようとしています。〈ケルベロス〉は、三年前から開発を開始し、二か月前に完成しました。ひとことでいえば、国民すべての通信内容と、国内のネットワーク上にあるすべての防犯カメラの映像などを収集し、監視するものです。この〈ケルベロス〉は莫大な費用をかけて開発されましたが、期待以上の効果を発揮し、運用開始から多くの事件の解決に役立っています。開発について最終的に承認したのは、この私自身です。しかし、この〈ケルベロス〉には、警察庁長官たる私にも隠されていた秘密の機能がありました。それは、犯罪の証拠を捏造し、起きてもいない事件をあたかも起きたかのように装ったり、真犯人とは別の人物を犯人だとしたりする機能です』

長官はここで、手にしたオペロンで再生される、不正アクセス事件の容疑者をいっせいに逮捕する警察の映像を見せた。

『この事件のほとんど――いや、おそらくすべての事件は、捏造されたものです。容疑者とされている人の人権を守らねばなりません。国民の皆さんは、騙されないでください。この国でいま、とてつもないことが起きています。偽の情報があたかも真実であるかのように流され、真実は偽の情報であるかのように見せられています。私は皆さんにお約束します。皆さんの目から真実を奪おうとするものたちと対決し、必ず真実を取り戻します。現在、警察組織内で活用されている〈ケルベロス〉は、即刻、停止すべきです。それは、皆さんのプライバシーを侵害するだけでなく、皆さんの基本的人権をかんたんに侵害できます。〈ケルベロス〉は存在自体が違法です。即刻、停止を要求してください』

速水長官自身が、殺人容疑で指名手配されている現在、この動画がどの程度の力を持つかは不透明だ。だが、少なくとも「何か起きている」ことを一般に知らせることはできる。

長官は、祈るように両手を顎の前で組み、自分の動画を何度も見直している。

ニュース配信サイトが、さっそく速水長官の動画を取り上げ、その意図を探ったり、〈ケルベロス〉とは何かを解説したりしているのを見ている間に、オペロンに着信があった。浅井隊長からだった。

『〈ケルベロス〉の開発が始まった後、パートナーシステムズを退職した人間は、二十一名だ。うち七名は、他社からの引き抜きや、配偶者の海外転勤などによる退職だが、残る十四名は、病気や会社に対する不満があって退職している』

浅井はさっそく、〈ケルベロス〉が情報を捏造できるという証拠を集めるために、パートナーシステムズの退職者を調べ始めていた。

「〈ケルベロス〉の関係者で、辞めた人間はいましたか」

『結論から言うと、いる。いろいろ証言を集めるうちに、〈ケルベロス〉の内容に疑問を持ち、違法ではないかと尋ねた開発者がふたりいたこともわかった。ひとりは退職後、病気で亡くなっている。ひとりは現在、行方不明だ』

最上は舌打ちした。

「病死というのも、怪しいな」

『ほかの退職者からも話を聞いているが、そもそも、〈ケルベロス〉の全体像を知らされていた人間は少ないようだ。行方不明の開発者を捜しているよ』

浅井が送ってきたのは、行方不明になっているという、開発者のプロフィールだった。吉住卓也《よしずみたくや》、四十三歳。人口知能のプログラミングを専門とする開発者で、〈ケルベロス〉がリリースされる直前にパートナーシステムズを退職している。その後、転職するわけでもなく、行方をくらました。つまり、〈ケルベロス〉の存在に警鐘を鳴らしたために、狙われている可能性が高い。

——まだ生きていればいいが。

それが心配だ。もし、吉住がすでに殺されていたり、生きていても証言を拒んだりするなら、〈ケルベロス〉の違法性を証明するのに多大な時間が必要になるだろう。とてもじゃないが、明日の投票までに間に合わない。

考えてみれば、投票に間に合わなければ、とんでもないことになる。〈旭光〉の息のかかった衆議院議員の割合が、半数どころか三分の二を超えるかもしれない。どの政治家が〈旭光〉のシンパなのかは長官も知らないらしいが、今回の選挙に立候補した自由民権党の候補者の多くが、そうだと見たほうがいい。

「投票が終わってしまえば、とりかえしのつかない事態になる」

呻くように長官が言った。メイを始め、富永や梶も暗い表情でニュースを見つめている。

おそらく、この部屋で平気な顔をしているのは由利くらいだ。

投票を中止させる、あるいは投票をやりなおさせるためには、今回の選挙の違法性を指摘し、裁判を起こさなければならない。とてつもない労力と時間がかかるし、その間に〈旭光〉はやりたい放題で、この国の行く末を変えてしまうような法案を、どんどん通過させる。そうなってから、事態を逆転させるのは至難の業だ。

――止めるなら、今しかない。

「なあ、隊長。〈旭光〉の仲間だとはっきりしている奴らが大勢いる。彼らの口を開かせてはどうだろう」

『拷問でもするってのか？　何か喋ったところで、証拠として採用できないようでは、意味がないな』

たしかにそうだ。動画で撮影していたとしても、強要された自白では信用されないだろう。

「そうだな。――なんだこれ」

配信中のニュース画面で、急に慌ただしい動きがあった。ニュースを読み上げている女性のキャスターが、深刻な表情でカメラを見つめている。

『ただいま、テロリスト集団のクーガが、犯行予告を行いました。速水警察庁長官による告発を受け、国民の人権を守るため〈ケルベロス〉を破壊するとの通告です』

「――マギが動きだしたな」

むずむずしてきた。

長官を守るためとはいえ、ここでじっとしているのは、最上の性に合わない。

「――隊長。相談があるんだが」

浅井がため息をついた。

『お前の相談は、たいていロクなことじゃないんだがな』

最上は鼻であしらい、アイデアを話し始めた。ここまで切羽詰まれば、ロクなことでなくとも、やってみるべきだ。

＊

こんな立場に置かれるのは初めてのことだ。

柳田は、額に滲《にじ》む汗をハンカチで押さえた。焦ったり、慌てたりしてはいけない。〈ケルベロス〉は、ただ道路を歩いているだけの人間の、激しい動揺を察知するそうだ。

それが特に、銀行付近やＡＴＭの前など、特殊な場所で察知された場合には、その人間は要注意リストに載り、防犯カメラの映像から人物が特定され、〈ケルベロス〉はその人物の監視と追跡を始める。位置情報を記録し、怪しい行動がないか観察し、万が一、後に犯罪が発覚した場合の証拠ともする。

——冗談じゃない。誰でも動揺くらいするさ、人間なんだから。

だが、いま柳田が動揺して〈ケルベロス〉に目をつけられれば、他人を巻き込んでしまう恐れがあった。特に、彼を信用して〈ケルベロス〉の違法性を証言してくれた吉住という男性の命を危険にさらす。

(この三か月、生きた心地もしませんでした)

新宿のスラム街の一角にある、設計の不備を指摘され、本来なら建替えるべきところ、資金不足で放置されてしまったビルに、吉住は隠れていた。

このビルは、ストレートに『廃ビル』と呼ばれているらしく、倒壊の恐れがあるので、まともな人間は住まないが、路上生活者や不法滞在中の外国人らがいつの間にか住みついている。

吉住は、三か月前までパートナーシステムズの社員で、警察庁の新しい犯罪捜査システム〈ケルベロス〉の開発に携わっていたと告白した。その中核となる機能を開発するチームにいたが、あまりに人権を無視した内容に驚き、上司や同僚に違法性を訴えたが聞き入れられず、怖くなって退職したそうだ。

〈私の同僚は、〈ケルベロス〉の違法性を新聞に告発すると言って、殺されたんです。病死とされていますが、毒殺ですよ〉

目を丸くした柳田の心中を、「頭のおかしい情報提供者に引っかかったのでは」という言葉が一瞬よぎったが、それは無理もないことだろう。

〈柳田さんに送ったのは、〈ケルベロス〉のコードの一部を印刷したものです。〈ケルベロス〉には、〈沈黙の時〉と呼ばれる隠し機能があるんです。そのコードです。私の手元にはまだ他に、〈沈黙の時〉の設計書もあります〉

本来は持ち出しを禁止されているが、社員だったころに、ストラップに偽装したメモリに転送し、こっそり持ち出して印刷した。自分を守るためだ。

〈上司らには、自分にもしものことがあれば、保管している〈ケルベロス〉のコードが開示されると言ってあります。でないと、私も殺されると思ったので〉

〈――ど、どうしてそんなものを私に〉

思わずどもってしまったが、まったく面識のない自分に、なぜそんな重要なものを送ってよこしたのか見当もつかなかった。

〈署名記事をよく読んでいました。柳田さんの記事からは、不正や悪徳に対する怒りがストレートに伝わってきました。それに、好奇心の強い方だとも思っていました。あなたなら、

と思って)

何も言わずにコードを送れば、それを調べようとするか、保管して様子を見るのではないか
もちろん、柳田ひとりに送ったわけではない。何人かの記者に送ったのだが、意味がわからず捨ててしまったり、電話しても思い出してもらえなかったりしたのだという。

(いま、速水長官が動画で〈ケルベロス〉の違法性を訴えていますよね。お渡ししたコードは、その証拠になるんです)

——さて、困った。

長官の動画の信憑性は、柳田も半信半疑で見ていた。警察庁長官が殺人というのは、正直、信じがたくはあったが、信じられないようなことが起きるのが世の中というものだ。

だが、動画の内容を裏付ける証拠を、よりによって自分が預っていたというのだ。

(〈ケルベロス〉を止めなければいけません。でなければ、大変なことになります)

吉住は訴えていた。

(大変なこととは——)

(選挙です。昨日、不正アクセス禁止法違反で、大勢のハッカーが逮捕されたというニュースが流れたでしょう。あれは、〈ケルベロス〉の捏造によるものです)

話についていけず、柳田は目を瞠《みは》った。

吉住の説明によれば、〈ケルベロス〉は速水長官が動画で訴えている通り、証拠を捏造し、冤罪事件を「意図的に」作ることができるのだという。

〈選挙の結果を、一部の政党に有利にするために、〈ケルベロス〉に事件をでっちあげさせたんです。〈沈黙の時〉を使って〉

まさか、と思う。古今東西、そんなことをすれば、いつかは必ずバレる。

だが、「いつか」バレても意味がない。いま現在、まさに流れの中にいる当事者には、でっち上げられた事件こそが真実であるかのように目に映る。その欺瞞《ぎまん》に騙され、行動する。

それでは遅いのだと吉住が唸る。

だが、彼が送ってきた証拠をどうやって使えばいいのか。すでに、警察の上層部は、〈ケルベロス〉を使うことに同意しているし、速水長官を追い出してでも、〈ケルベロス〉が必要だと考えているわけだ。警察に話しても、自分と吉住の身を危うくするだけだろう。

柳田自身も学生時代にすこしＡＩのプログラミングを齧《かじ》ったとはいえ、そこまで詳しいわけではない。誰かにコードの内容を解析してもらわなければならない。

だが、投票は明日なのだ。

――どうする。

とんでもない時に、とんでもないことに巻き込まれてしまった。だが、これほど記者冥利《みょうり》につきる事態があるだろうか。

デスクに相談するという案は、真っ先に捨てた。以前、丹野刑事の事件を調査していると殺されるぞと脅した男だ。デスクはきっと、〈ケルベロス〉側にいる。

他に、社内で頼れる人間はいるだろうか。ひょっとするといるのかもしれないが、自分には判断がつかない。

――〈ケルベロス〉の隠された機能を明らかにし、速水長官の動画の裏付けにする。

しかもそれを、今日中にやらなければならないのだ。

「――無理じゃねえかな」

ともかく、自分ひとりではとても無理だ。柳田はオペロンを取り出した。なんとなく、連絡先に手がかりがありそうな気がする。

新聞記者の仕事のいいところは、あらゆる種類の人々に会い、話を聞けることだ。中には犯罪者や元犯罪者もいるし、反対に警察官や元警察官にも話を聞く。アスリート、研究者、文人、起業家、社会のてっぺんにいる人々、底辺にいる人々、外国人、無国籍者、どんな人にでも進んで会い、自分の知らない世界を一ミリでも知る。そんな仕事をしているので、柳田のオペロンには、何千件もの連絡先と彼らのプロフィールが登録されている。

著名なＡＩの専門家に話を聞いたことがあるのを思い出した。一時期、評判になったネット動画のコメンテーターを務めていて、ＡＩなら彼女と、知らない者はないくらいの人だ。住まいも近い。彼女なら、コードを見ればその意味を理解できるだろう。問題は、彼女がいま報道されている〈ケルベロス〉について、どう考えているかだった。

柳田は、迷って行動しないより、迷う前に行動することにしている。石橋をたたいて渡らないくらいなら、石橋の上を飛んで渡りたい気分だ。

「急にお電話して申し訳ありません、以前に取材させていただいた、読朝タイムスの柳田と申しますが」

『ああ、あの時の』

道成《みちなり》という専門家は、柳田のことを記憶していたらしく、懐かしそうな声を出した。今は都内の大学でも教えているはずだ。

「いま、警察庁の〈ケルベロス〉というのがニュースになっているのを、ご覧になっていますか」

『もちろん見ていますよ。驚きましたねえ。思い切った手を打ったものだと思います。長官の言葉が本当なら、この会話だって〈ケルベロス〉に聞かれているわけだから、気持ち悪いですよね』

——そうか、自分たちの通話内容も、敵側に筒抜けなのだ。

これは、うかつに電話で大事なことを話してはいけないということだ。

「長官の動画を見ていて、これは道成先生ならどんなふうにお考えになるかと思いまして。もしよろしければ、お宅にお邪魔して、お話を伺えないでしょうか」

『ええ、いいですよ。今日は講義もないので、自宅で原稿を書くつもりだったんです。今から来られますか』

「ええ、十五分ほどで参ります」

道成に直接会って、反応を見て、いけると思えばコードの件を持ち出せばいい。通話を切り、初台にあるマンションに向かって歩き出した。鞄に忍ばせたコードの印刷物が、ずっしりと肩に食い込む気がする。

*

——ここも自由憲政新党の支援者か。

寒川は、自分だけがわかる記号をペンで書きこみながら、長久保が作ったリストを睨んだ。

三十数件の逮捕者リストのうち、都内はその半数ほどだ。まだ六件を回って、逮捕者のプロフィールなどを確認しただけだが、状況が異様なことだけは明らかになってきた。

六件のうち五件が、自由憲政新党の支援者の家族だ。残り一件は、別の野党の支援者の家族だった。

逮捕の理由となったのはすべて、自由民権党の候補者へのハッキングによる攻撃だ。候補者の品位を下げるような、不快な偽の情報を、あたかも真実のように広めたとされている。偽の情報といっても、そのほとんどがたわいのない内容で、隠し子だの浮気だののネタが多い。

逮捕されたのは十代の子どもが多く、親が選挙運動の支援に熱中しているのを見て、自分も協力したものと疑われている。

コンピュータに詳しい子どももひとりいたが、後はさほどでもなく、ハッキングの知識などないが、自動的にハッキングするアプリを導入してライバル候補者のページを書き換えた。このあたりもみんな同じだ。

――同じ「誰か」が企んだことは間違いない。

次の逮捕者の家に行こうとした時に、電話がかかってきた。

『刑事さん、コンピュータの件について、協力してくれる人が見つかりました』

弓谷という、息子が逮捕された父親だった。あちこちに電話をかけたところ、同じように子どもを逮捕された人同士の情報交換が始まったという。ちょうど、速水警察庁長官の動画が拡散され始めていて、自分の子どもは〈ケルベロス〉によるデータ捏造の被害に遭ったのではないかと疑う人々が現れ、知人のつてを使って人工知能の研究者に連絡を取ってみたそうだ。

『その先生が、自宅に来てもいいと言ってくれたんです。私もこれから向かいますので、刑事さんもぜひ』

「わかりました。私もお邪魔します」

住所を尋ね、先にそちらに回ることにした。リストの調査は、これ以上ひとりで続けても、似たような結果が続くだけだ。

──弓谷さん、死にものぐるいだな。

怒りと息子に対する心配が、彼らを動かしている。速水長官や長久保が指摘しているように、誰かが冤罪を仕組んで、無実の人間に罪をきせ、選挙の結果を自分たちに都合よく左右しようとしているのなら、その怒りももっともだ。

──そうだ、舐めるなよ。

寒川はひとり呟いた。動いているのは自分だけではない。個人の弱みにつけこもうとする奴らは、いつか必ず後悔することになる。

初台にあるマンションだというので、無人運転タクシーに乗った。こうなったら、職場の経費でタクシーでも何でも使って、しっかり捜査をすすめるだけだ。

めざす住所は、初台の駅からまっすぐ南下して、戸建てや低層マンションの並ぶエリアを左折したところにある三階建てのマンションだ。

――あれだな。

小豆色《あずき》のタイル壁が見えてきた。タクシーを停めようと、タッチパネルに手を置きかけ、慌ててやめた。

マンションの表玄関にパトカーがいる。

嫌な予感がして、そのまま行き過ぎた。ぐるりとブロックを回り、離れた場所で車を停め、料金を払って降りる。こんな時の寒川の勘は、よく当たるのだ。

パトカーには、制服警官がふたり、乗ったままだった。誰かを待っているように、時おりバックミラーに視線を走らせている。

寒川はマンションの裏側に回った。まだ、こちらには誰もいないようだ。

これだけの戸数のマンションになると、必ず複数の出入り口を設置している。裏口から入り、弓谷に聞いた二階の部屋を目指す。階段にも、廊下にも警察官の姿はない。おそらく、玄関前のパトカーは先着した車だ。応援を待ち、取り囲むつもりかもしれない。

「道成」と表札のかかる扉の前で、寒川はインターフォンを押した。

『——はい』

中年女性の声が平静に応じる。

「弓谷さんのご紹介で来ました」

あえて名乗らない。早く出ろ、早く出ろと心の中で念じながら、十数秒待った。玄関が開き、長い髪をきちんとまとめた四十前後の女性が、朗らかに「あら、これは——」と言いかけるのを、寒川は急いで手首をつかんで廊下に引きずり出した。廊下に防犯カメラがついていないことは確認済みだ。ここは少し古いマンションらしい。

「道成さんですか、警視庁の寒川です。騒がず聞いてください。パトカーが下にいましたが、知ってますか」

仰天した顔で、女が首を横に振る。細い金属フレームのメガネをかけている。ＡＩの研究者で大学の先生とも聞いているが、いかにもそれらしい雰囲気だ。

「部屋にいたのは道成さんだけですか」

「そ、そうです。これから何人か来る予定で」

「すぐ出ましょう。嫌な予感がする」

「鞄を持ってきます」

道成は抵抗しなかった。すぐに部屋に入り、ショルダーバッグをひとつ抱えて戻った。寒川が先に階段を下り、裏の出入り口の外にまだ誰も監視者がいないことを確認し、道成に合図して外に出た。彼女が追ってくる。

オペロンを操作し、先ほどの無人運転タクシーが客を乗せていないことを確認すると、「再呼び出し」のボタンを押した。今はこういう機能もあるのだ。まだそれほど遠くに行っていないだろうから、ほどなく戻ってくるはずだ。

「歩いて。こっちです」

道成を急がせた。

「これから弓谷さんと、新聞記者が来るはずだったんです」

道成は少し青ざめて緊張した面持ちで、ちらちらと後ろを振り返っている。

話を聞いて、寒川は自分の失態に気づいた。弓谷は電話をかけまくったと言っていた。彼はおそらく、電話で〈ケルベロス〉について話したはずだ。ＡＩの専門家を探していることや、〈ケルベロス〉が証拠を捏造している証拠を集めたいということ、ひょっとすると刑事がひとり協力していることも、話したかもしれない。

そんな会話を、〈ケルベロス〉が聞き逃すわけがない。

「あなたを巻き込んで申し訳ない。私の考えすぎならいいんですが、少し離れて様子を見ましょう」

案の定、先ほど降りたばかりのタクシーが、戻ってきた。道成を先に乗り込ませ、後から寒川も乗り込んだ。タッチパネルに、マンションの周辺をぐるぐると回るような経路を入力する。

「なるべく外から見えないように姿勢を低くしてください。オペロンなどの端末を持っていたら、電源を切って」

待つほどのこともなかった。パトカーのサイレンが聞こえたかと思うと、マンションの周囲に何台ものパトカーが停まり、制服警官らが階段を駆け上がっていくのが見える。

「──何なんですか、あれは」

「〈ケルベロス〉にバレたんでしょう。我々が会おうとしていることが」

弓谷がいた。彼はパトカーに気づいて引き返そうとしていたが、すぐ複数の警察官が追いかけて取り囲み、厳しい調子で何か尋ねると、引き立てるようにパトカーに乗り込ませてしまった。

「──しまったな。弓谷さんが捕まった」

もはや、驚きの声も出ないほど、道成は呆然としているようだ。だが、しばらくして絞り出すように言いだした。

「──読朝タイムスの記者が、これから来るはずなんです。彼も捕まってしまうのでは」

「これだけパトカーが集まっていれば、遠くから見て危険を察知すると思いますよ。だが、その記者は何をしにくるはずだったんですか。弓谷さんの知り合いですか」

「柳田さんというんですが、速水長官の動画を見て、ＡＩの専門家としての意見を聞きたいからと。以前、取材を受けたことがあるんですよ」

「そんな話なら、もし捕まってもたいしたことは——」

寒川はふと言葉を切った。

——どこかで聞いた覚えのある名前だ。

読朝タイムスの柳田。何度も口の中で呟くうちに、その名前が丹野と結びつくことに気がついた。

——丹野の事件を取材していた記者か。

まだ三十代だと思うが、えらく鼻のきく記者だった。のほほんとした態度で、どこにでもくちばしを突っ込んでいくタイプだ。エリート警察官僚の丹野が、クーガに撃ち殺された事件を取材するうち、単純に流れ弾に当たったとか、そんなケースではないと確信を抱いた様子だった。

（寒川さんは、丹野さんの相棒で、指導役だったんですよね。何か気づいたことはありませんでしたか）

若い記者が目を輝かせて尋ねるのを見て心苦しかったが、なにしろ相手が若いだけに、危険にさらすのは忍びなかった。敵の巨大さも力も、まだよくわからなかったのだ。

（丹野は、クーガ打倒に真面目に力を注いでいた。たまたま、クーガが絡む事件に遭遇して、足止めしようと試みたが、奴らに撃ち返された。それだけだ）

事件に背景も暗部もない。そうあしらう寒川に不満そうだったのを覚えている。

目を皿のようにして、柳田の姿を捜した。目端のきく男だったから、パトカーの群れのなかに、無防備に飛び込んでいくようなまねはしないだろう。

「――いた」

新宿の方角から徒歩で近づいてきて、マンション周辺の騒がしさに驚き、野次馬にまぎれて様子を見守っている記者の姿を認める。急いで、タッチパネルに途中停車の指示を出した。

「ここにいてください」

道成に言い置き、さりげなく車を降りて、野次馬に近づいていく。

「――柳田さん」

低い声で呼びかけて肩を叩くと、相手は心臓を冷たい手で摑まれたような驚き方で、飛び上がった。

「静かに。心配せず、一緒に来てください」

心配するなと言っても無理だろうが、青ざめて額に汗を滲ませながら、柳田は素直についてきた。こちらの顔にも見覚えはあったようだ。無人運転タクシーに戻り、後部座席に柳田を乗り込ませ、自分は道成の隣に座った。

「――道成さん！　ご無事だったんですか」

驚く柳田をしり目に、タクシーを出した。行き先は、適当に東京駅と入力した。時間を稼ぐためだ。

「マンションの近くまで行ったら、パトカーがたくさん停まっていたので、何が起きたのか様子を見てました。ご無事でよかったです」

「私にも、何がなんだかよくわからないんです。だけど、こちらの刑事さんが」

ハタと柳田がこちらを振り向く。

「寒川刑事ですよね。丹野刑事の相棒だった」

――やっぱりまだ覚えていたか。

寒川は苦笑した。

「我々は、どうやら〈ケルベロス〉に目をつけられたようです。弓谷さんがあちこちに電話をかけまくって協力者を捜すうちに、何かのキーワードが注意を引いたのでしょう。あの騒ぎを見ると、我々にも何かの罪名がついているかもしれない。なにしろ、犯罪と証拠を捏造するのは、〈ケルベロス〉の十八番らしいから」

「そんな――」

無関係な立場から、一転して巻き込まれた道成が青くなる。

「寒川刑事は、どうしてここに？」

柳田が、後部座席から身を乗り出すように尋ねた。もう、彼らに隠していても始まらない。ひとりではどのみち動きが取れないのだ。ここは一蓮托生《いちれんたくしょう》、彼らを信じて力を借りるべきだった。

「〈ケルベロス〉を悪用して、選挙の結果を左右しようとしている輩がいるんですよ。その実態を暴くために、動いているんです。道成先生はＡＩに詳しいということで、教えを請おうと思ってね」

――刺激が強すぎたかな。

話の途中から、柳田が呼吸困難に陥るのではないかと思うほど、蒼白になった。

「――僕もなんです」

「え？」

「僕も、〈ケルベロス〉には秘密の機能があることを証明し、速水長官の動画の裏付けにするために、ＡＩの専門家を捜していたんです」

「なんだって」

柳田は、汗をかきながらショルダーバッグの中身をかきまわし、ぶ厚い紙の束を引っ張り出そうとしていた。興奮のあまりか、目が据わってしまっている。

「これ、コピーですけど――。〈ケルベロス〉の開発を請け負った、パートナーシステムズの中核社員だった人から預かった、ソースコードの一部です。彼は、隠された機能のコードだと話していました。道成さんに、コードを解析してもらおうと思って」

呼吸が止まりそうになったのは、寒川のほうだった。

「道成先生、すみませんが彼のコードを見てもらえませんか。その間に電話を一本、かけさせてください」

柳田が渡す紙の束を、道成が真剣に読み始める。寒川はオペロンを取り出した。深呼吸をして、電話をかけ始めた相手は、長久保警視だった。

13

つい半年前まで、弁当屋の社長だった中年男が、白い手袋をはめ、神妙な表情でうつむき加減に立っている。

隣に立つその男を手で指し、山浦幹事長はマイクを握る手に力をこめた。

「皆さん！　塚野《つかの》を男にしてやってください。国政のために、東京都民の皆さまのために、仕事をなげうち、このたびの選挙にはせ参じた男です。見栄えはしないかもしれません。愚直です。しかし、この背中と同様に、心がまっすぐに伸びています。彼は、会うたび私に言うのです。この国は変わらなければなりません。もっと強く、どんな国よりも強く。この国は常に一番でなければなりませんと」

弁当屋の社長だった塚野は、顔を真っ赤にして背筋をぴんと伸ばし、今にも敬礼しそうな気配すらある。容貌はいまひとつ貧相だが、百人からいる従業員を抱える企業を切り盛りしていただけあって、いちおう弁は立つ。そのくせ、子どものように感激しやすく単純で、山浦にとっては扱いやすい。それが都内の重要な選挙区で、自由民権党の公認を勝ち得た理由だ。

「皆さんもご存じの通り、ただいま巷《ちまた》では、自由民権党の候補に対する、たいへんな数の偽ニュースが飛び交っております。この塚野君もやられました。ご覧になった方も多いでしょう。浮気をして、隠し子がいて。冗談ではありません。塚野君は、長年、苦労をともにした奥様とこの二十余年、浮気ひとつせず、仲睦まじく暮らしております！　あんな迷惑な、人の心を惑わす偽ニュースなど、信用してはいけません。あのような手段に頼るしかないとは、候補者が気の毒ではありませんか」

山浦がこの候補の応援に入ったのは初めてだが、先ほど秘書が目算でカウントしたところによれば、前回の塚野の街頭演説に集まった人数の、三倍近い聴衆がいるそうだ。しかも、彼らは熱気に満ち、好意的な表情で山浦の言葉に頷いている。

——速水長官の動画の影響は、意外と小さかったな。

内心、ホッとしながら山浦はマイクを塚野候補に譲った。

速水に殺人容疑での逮捕状が出ており、いまだ姿を隠したままということも、こちらに有利に働いているのかもしれない。今のところ、速水の動画の影響よりも、〈ケルベロス〉が魔法のように生み出した、「自由民権党の候補者を攻撃するハッカーたち」のほうが、有権者の心を刺激しているようだ。

選挙期間中にすっかり嗄れた声で、塚野が訥々《とつとつ》と最後の訴えを行っている。塚野自身には、ほとんど政見らしいものなどない。自由民権党が推進するマニフェストを、いちいち彼にも理解できるように噛みくだいて教えこみ、オウムのように言わせているだけだ。

聴衆の拍手に包まれて演説は終わり、山浦は先に選挙カーから降りた。警察が鉄壁の布陣で周辺を警戒しているとはいえ、高いところでほとんど無防備に身体をさらしているのは、緊張するものだ。

「――幹事長」

にこやかな笑みを浮かべた女性の秘書が、するりと近づいてくる。だが、その目が笑っていないことに山浦は気づいた。

「どうした」

「今しがた、緊急の報告が上がりました」

小声で囁く秘書の言葉を聞くにつれ、山浦の顔からも、笑みが奪われていった。

「横山次長から、お電話が入っています」

オペロンを渡され、山浦は急いで自分の車に乗り込んだ。次の応援演説があるため、このままそちらに向かう予定だった。

「山浦だ」

『横山です。このたびは――』

警察次長の横山が、早口で喋りだす。冷や汗を流しているのが、見なくてもわかるような必死の口ぶりだ。

「前置きはいいんだ、横山次長。〈ケルベロス〉の機能を探っている奴らがいるそうだね」

『昨日、不正アクセス関連で逮捕した容疑者の親が、寒川という警察内部のはねかえりの刑事と結託したようで。息子が逮捕されたのは冤罪で、警察の〈ケルベロス〉は証拠を捏造できるのだと、証明するつもりのようです』

「証明と言っても、証拠がなければ手も足も出ないだろう」

『それが——。ＡＩの専門家を仲間に入れたようで、ひょっとするともっと多くの情報を手に入れているかもしれません』

「警察に関することは、みんな君に任せたはずだろう。まだ速水も見つけられないのか」

『どこに潜んでいるのか——』

「速水の妻子はどうした」

『ブラックホークがかくまっているようで、見つかりません』

イライラする。なぜこの男は、相手がブラックホークだというだけで、腰が引けるのだ。

「理由をつけて、ブラックホークの責任者を逮捕しろ。指名手配中の容疑者を隠しているんだから、逮捕できるだろう！」

『証拠はありません。ブラックホークの社員が速水長官と一緒にいるのは確かですが、会社とは連絡を取らず、独断で動いていると言っています。それに責任者は、例の須藤です。以前、われわれの幹部だった』

——あいつか。

山浦の顔は、腹立たしさに歪《ゆが》んだ。あの男、〈旭光〉に忠誠を誓うふりをしながら、組織を探るスパイだった。須藤にそんな仕事を命じたのは、おそらく速水長官だと考えているが、証拠はない。

須藤がブラックホークに転職し、いちだんと手ごわい敵になったことも確かだった。

「何でもいい。君の責任だぞ。明日は大事な日なんだ。こんなタイミングで〈ケルベロス〉の存在が証明されてみろ。たいへんなことになる」

速水長官は、今も殺人事件の容疑者だ。だからこそ、彼が必死で訴えても、まだ国民の反応は鈍い。だが、大勢の人間が〈ケルベロス〉の被害をこうむったと次々に訴え始めれば、話は別だった。

「さっさと速水の首を取ってこい。それから、寒川というその刑事の首もだ。〈ケルベロス〉など存在しないのだと、早急に国民の前で説明しなければならない。いいな、横山！」

『――はい、幹事長』

速水は警察庁きっての切れ者だったが、横山はどこか頼りない。それでも、今は彼に頼らざるをえない。

＊

マンションの地下の駐車場で、地味なグレーの乗用車に乗り込んだのは、メイと速水長官だけだった。

「準備が終わりしだい、出る」

最上はマイクに告げた。ヘルメットのバイザーを下げ、ブラックホーク社特製のカスタム版シルバーウイングにまたがる。富永と梶も同じバイクにまたがり、準備を整えている。由利は最上の後ろに同乗する予定だ。無表情だが、もうひとつ面白くなさそうなのはたぶんそのせいだ。

「この地域の防犯カメラは、俺たちが出た後の五分間、強制的にシャットダウンされる」

マギがそう手配した。彼らがどの建物から現れたのかを隠すため、ひとつの町のカメラをすべて遮断する。

「五分の間に、できる限り離れるぞ」

指示を出し、速水長官の車に近づいた。窓から長官の様子を覗き込む。

「これから出ます」

「わかった。よろしく頼む」

長官は後部座席に座り、どっしりと構えている。こうなれば俎板の鯉だと、肝を据えたようだ。

——事件は急転直下の様相をたどっている。

長久保警視から、〈ケルベロス〉に電子的な証拠を捏造する機能があることを証明できると連絡が入った。寒川刑事が、〈ケルベロス〉のソースコードの一部を入手したそうだ。パートトナーシステムズを退職した、元開発者も押さえたと言っているが、とにかく彼らの安全を確保しなければならない。あやうく警察に逮捕されるところだったそうだ。

次いで、マギから〈ケルベロス〉の本体となるマシンのありかがわかったと連絡が入った。

(本体と言っても、バックアップもあるので一か所じゃないんだけどね。いちばん派手な場所がいいと思って)

マギはあいかわらず気楽な調子だったが、寒川刑事らが〈ケルベロス〉のソースコードを手に入れたことも、気づいていたらしい。

(僕は〈ケルベロス〉内部の通信網を覗けるんだ。彼らが電話でＡＩの専門家を捜そうとして、〈ケルベロス〉に気づかれたあたりから、ずっと監視していたよ)

この件が解決して、クーガと元の対決関係に戻ったとたん、マギが敵に回るのかと思うと、いろいろやっかいそうだ。

とにかく、今だけはクーガも味方だった。使えるものは何でも使う。ブラックホークの総力戦だ。

——上野恩賜公園の地下。

そこに、〈ケルベロス〉の本体がおさまっているのだとマギは言う。

その存在を、白日のもとにさらさねばならない。

最上はシルバーウイングにまたがった。自分より大柄な由利がバックシートに乗るので、後ろに仁王を乗せているようだ。

「どうせすぐ降りる。心配するな」

由利が不満げに言った。彼のバイクは、上野に用意されているはずだ。

「いいからしっかり摑まってろ」

「よけいなお世話だ」

無線に雑音が入ってきた。

『マングース、こちらスカーだ。そろそろいいか』

「こちらマングース。準備ＯＫ」

『了解』

浅井隊長の合図とともに、地下駐車場のシャッターが上がる。午後一時すぎの陽光が差し込んできた。

真っ先に最上のバイクが飛び出す。富永と梶がついてくる。メイたちの車が最後尾だ。目的地は上野だった。そこで寒川刑事らとも合流する。

最上らのシルバーウイングはブラックホーク社の名義で登録されているから、五分後にカメラに捕らえられれば、〈ケルベロス〉は当然、ブラックホークに動きがあったとして監視を始めることだろう。

——最終決戦だ。

〈ケルベロス〉の違法性を暴き、速水長官の無実を証明し、選挙のために捏造された情報と冤罪事件を暴いて「加害者」を救済し、すべてを裏で企み操ろうとした〈旭光〉の存在を、白日のもとにさらす。

「あいかわらず、人使いの荒い会社だなあ！」

『何か言ったか』

マイクのスイッチが入ったままだった。浅井隊長の渋い声ににやりとし、最上はスイッチを切った。

茅場町《かやばちょう》のマンションから、上野恩賜公園までおよそ十数分。東京の道は今でも混雑するので、予想通りの時間では走れないのが普通だが、昭和通りの江戸橋を渡るあたりから、目に入る範囲の信号が、ずっと青になっていることに、最上は気づいた。

——マギだな。

可能な限り早く目的地に到着できるようにと、過剰なまでのサービスだ。ミラーには、ぴたりとついてくる富永たちが映っている。

＊

無人運転タクシーが急に路肩に寄せて停車した。

「――なんだ、どうした」

寒川はタッチパネルを操作しようとしたが、フリーズしたように受け付けない。天井のスピーカーから、性別不明の電子音声によるアナウンスが流れ始める。

『ただいま、緊急停止要請が警視庁から発せられましたので、当車は緊急停止を行いました。お急ぎのところ、まことに申し訳ございませんが、しばらくお待ちください』

――もう見つかったのか。

無人タクシーには、車内でのトラブルを防止するために、防犯カメラがついている。どうやら〈ケルベロス〉は、そのカメラの映像までチェックしているようだ。

降りようとしたが、ドアにロックがかかっている。手動でロックを解除しようと試みたが動かず、思わず舌打ちした。

「おい、緊急なんだ！　開けてくれ」

警察手帳を防犯カメラに見せたが、動かない。

「どうしたんですか？」

柳田記者と道成が、突然停まってしまった車に不安な表情を浮かべている。

「〈ケルベロス〉に見つかったらしい。降りなきゃいけないんだが、ドアにロックがかかっています」

慌てて柳田たちが、自分のそばのドアを開けようとしたが、びくともしない。窓も開かなくなっている。

どうにかしなければ、すぐにパトカーが駆けつけてくる。長久保警視に上野の恩賜公園に向かえと言われたので、行き先を変更してそちらに向かう途中だった。まだ飯田橋駅の近くだ。こんなところで足止めされてしまうとは。

エンジンを切ればドアも開くのではないかと、エンジンスタートボタンを押してみたりしたが、まったく変化はない。外部からの入力を受け付けない状態になっている。

「窓を割ってみたらどうかな――」

柳田が車に装備されているハンマーを手に取ったが、寒川は制止した。外に出られるくらいにガラスを割るころには、パトカーが到着しているだろうし、怪我をしそうだ。

──なんとかならないのか！

彼らの手元には、〈ケルベロス〉の悪事の証拠がある。まだざっとではあるが、道成がソースコードを確認し、まさにそれが電子的に証拠を捏造するための仕組みだと解析している。開発者の吉住が持っている設計書と合わせれば、道成の解析の正しさも証明されるだろう。

そこまで、〈旭光〉を追い詰められたというのに──。

祈るような気持ちで、喉元のメダルに手をやった。丹野が力を貸してくれるような気がしたのだ。

「──！」

ふいに、ひらめいた。

ネクタイを緩め、チェーンを引きちぎってメダルを外す。そのまま、メダルの表面が見えるように、タクシーの防犯カメラに近づけた。

「いいか、緊急の案件なんだ。車のドアを開けてくれ！」

タクシーにもＡＩがついている。警視庁の緊急要請とやらと、〈旭光〉のメダルのどちらが優先されるのか、賭ける気分だった。

いきなり、カチリと音がして、ドアのロックが外れた。柳田が目を丸くしている。

「早く、車を降りるんだ」

「何ですかそれ、水戸黄門の印籠ですか」

「私にもわからんが、初めて使い道がわかったよ」

タクシーのAIまで、〈旭光〉のメダルを判別して警察の要請より優先扱いするとは、驚きだった。恐ろしいと言ってもいい。いったいいつから、〈旭光〉はこの社会を裏で動かしていたのだろう。

降りたはいいが、東京のどこを歩いても防犯カメラばかりだ。とにかく、なるべくうつむいて顔を隠しながら歩いていく。

「どうします？　上野に行くならJRに乗っても」
「いや、電車は改札を通った瞬間に捕まるかもしれん」

タクシーは有人、無人にかかわらず、防犯カメラがついている。

――駐車している車を盗むか。

追い詰められてそんなことも考えたが、そんなに都合よく、自分に盗める車がそのへんに転がっているはずもない。

パトカーのサイレンが聞こえてきた。前方から二台、後方から一台。緊急停車した無人タクシーに近づいていくようだ。警察官らはきっと、誰もいない車内に驚き、周辺を捜し始めるだろう。

前方から、徒歩で警邏《けいら》中の制服巡査ふたりが近づいてくるのに気づいた。

「だめだ、こっち」

寒川は、急いで柳田と道成の腕をつかみ、そばのテナントビルのエレベーターホールにさりげなく入った。一階は蕎麦屋で、二階と三階にダーツバーが入っている。

エレベーターを待つふりをして、巡査らが行き過ぎるのを待つ。

エレベーターホールにカメラはないようだが、エレベーターの中にはきっとある。すぐにここも出なければならない。

歩きながら、巡査のひとりが、無線に大声で応答していた。

「はい、そちらに向かっています。全員ですか、はい。すぐ呼び出します。了解」

署内の交番勤務の巡査たちが、これからいっせいにこちらに向かってくる。そう気づいて、寒川は慌てた。

警察官のすべてが〈旭光〉に取り込まれているとは思っていない。おそらく、速水長官らのように最高幹部クラスの一部と、公安第五課の江島課長のように、要所、要所を押さえているはずだ。一般の警官たちは、組織と上司の指示を信じて動いているだけだろう。

とはいえ、その思い込みと信用を覆すのは容易なことではない。

　長久保警視に電話をかけたが、なかなか出てくれない。

「——行くぞ」

　巡査ふたりが通りすぎたのを見計らい、再びビルを出て歩き出した。次の交差点まで歩くだけで、寿命が五年は縮みそうな気がする。上野まで無事にたどりつける気がしない。

　前方から、丈の長いレインコートのようなものを着て黒い野球帽を目深にかぶった男が、両手をポケットに突っ込み、背中を丸めて歩いてくる。

　すれ違いざま、強い指で寒川の腕をつかんだ。ギョッと立ちすくみ、払いのけようとした時、男がにっと笑いかけてきた。

「そのまま歩いてください。次の角を左に曲がって。この道には防犯カメラがないんです」

「——君は」

　敵とも味方とも判断がつかない。

　男は、笑いながら寒川の肩に手を回し、親しい友人にでも会ったような顔で、背中を押して歩かせた。

「ブラックホークの、斉藤ハジメです」

　日焼けした精悍《せいかん》な肌を持つ、きびきびした青年だった。どことなく、丹野を思いだす。

「須藤の指示により、皆さんを無事に上野までお連れします」

その言葉を聞いて、足の力が抜けそうになったのは寒川だけではなかったようだ。道成と柳田記者の、安堵のため息も聞こえた。

「車がありますから」

その言葉通り、路地の奥に、白いミニバンが停めてあった。寒川たちは、男が指示するままに車に乗り込んだ。

「――助かったよ。どうやって上野まで行こうかと困っていたんだ」

「そうなるだろうと思って、車で迎えに行くように指示されました」

男は慣れた様子で車を出した。ブラックホークの社員なら、〈ケルベロス〉のデータベースにも顔写真が登録されているはずだ。それだけでもう、監視の対象になっているのではないか。それに、車もブラックホークのものなら、ナンバーで追われるはずだ。

そう心配したが、パトカーのサイレンが近づいてくる気配はない。

寒川の不安に気づいたのか、男が運転しながら、柔らかい笑顔を見せた。

「大丈夫です。速水長官たちのほうが先に上野に着きそうなので、こちらも急ぎましょう」

――向こうと連絡を取り合っているのか。

ふと気づけば、彼の黒い野球帽には、イヤフォンがついているようだ。速水長官たちのやりとりも、聞いているのかもしれない。

14

——あれは何の行列だ？

上野駅の公園入り口方面に向かう上り坂を、大勢の人々が歩いている。人の波が、まるで蟻《あり》の行列のように、最上たちのいる広小路のあたりから、びっしりと歩道を埋め尽くしているのだ。

東京文化会館でイベントでもあるのか、あるいは上野に集まっている美術館、博物館で、集客力の高いイベントをやっているのだろうか。それにしては、歩いている人たちの年齢や服装などが、てんでバラバラな印象なのが気になった。報道関係者もいるようだ。彼らはいったい、どこに向かっているのだろう。

「俺はここで降りる」

バイクのスピードが落ちた隙に、後ろで由利がさらりと告げ、気がつくともう勝手に降りて、歩道に駆け寄っていた。ヘルメットをかぶったまま、走っていく。別れの言葉を交わす隙もなかった。

——あいつめ。

最上は気持ちを切り替え、マイクのスイッチを入れた。浅井隊長に報告する。

「もうじき到着する。合流地点はどこだ」

『待て。刑事のほうが遅れている。途中で無人運転タクシーが緊急停止したらしい』

「大丈夫か、来られるのか」

『大丈夫だ』

「俺たちはこのまま、上野の公園の周囲を走ってればいいのか？」

『とりあえずそうだな。エディがそちらに向かってる』

歩道を埋め尽くした行列は、次々に人が増えて、ついには車道にもはみ出している。そのせいで、上野駅の公園側道路は、車がのろのろ運転になっている。

『何だ、これは。すごい人だな』

富永が車道にはみ出す人の列を見て、唸っている。

「わからん。何か妙だな」

万が一、怪しい動きを察知すれば、長官を連れて、いったん上野を離脱したほうがいいかもしれない。

『速水長官がそこに現れるという噂が、ネットで流れているんだ』

いきなり無線にエディの声が飛び込んできて、最上は驚いた。

「――エディ？」

『今みんなのケツにいる。そのままっすぐ進んで、右手に公園駐車場が見えてくるから、そこに入って停めてくれ』

「長官が車から降りたとたんに、パトカーが飛んでくるぞ」

『大丈夫だ。もうすぐ、それどころじゃない騒ぎになるから』

アメリカ帰りの元グリーンベレーは、気にする様子もなくあっさり応じた。

わずかな距離だが、じりじりと這うように走り、道路の右手にある、公園駐車場に次々とバイクと車を入れる。ちゃんと空きスペースがあるのに驚いた。ブラックホークはなにごとによらず、手回しが良い。

ここに上がってくるまでの間に見えただけでも、上野恩賜公園の中が、おそろしく混雑していることはわかった。

上野の森、上野の山などとも呼ばれる。江戸時代には、東叡山寛永寺の境内地だった、十六万坪にもおよぶ広さの公園だ。敷地内には、上野動物園や不忍池《しのばずのいけ》、上野東照宮の社殿のほかに、噴水の広場を中心としたエリアには、東京文化会館、国立西洋美術館、東京国立博物館、国立科学博物館、東京都美術館、上野の森美術館といった文化施設が目白押しだ。

いつもなら、美術館・博物館の観覧客や、緑のなかを散策する人々がぶらぶらと歩いている公園内に、ふだんの数倍もの人々が熱っぽい表情で集まっている。

「これだけ大勢集まって、彼らに危険はないのかね」

車を降りた速水長官が、状況を見てとり心配している。バイクを停めたエディが、さっそくヘルメットを脱いで肩をすくめた。

「ここからだと見えませんが、ブラックホーク社が警備しています。出入り口や道路でも人数をカウントしていて、一定の人数を超えると、下の道路で入場制限をかけますので、危険はありません」

長官は、「公園に利用届が」とか「警察に届け出を」などと、顔をしかめて口の中で呟いていたが、最終的には非常事態だと腹をくくったようだ。

最上たちがヘルメットを脱ぎ、速水長官が素顔をさらしても、いきなり警察官の大群が押し寄せてくるようなことにはならなかった。

——そうか。

周辺に、大勢の人間がいるからだ。カメラの数は限られている。カメラは周辺にいる人間を撮影し、顔認証で指名手配犯などと照合して捜しているが、人数が多ければ多いほど、処理に時間がかかる。

エディが公園の時計を見た。

「さあ、そろそろ始まるころだ。行きましょう」

彼が先に立ち、公園に向かって歩きだす。メイは万が一のため車に残り、最上と富永、梶の三人で、長官を囲んで歩きだした。狙撃されないよう、背の高い富永が、長官の真後ろにつく。

噴水のある、中央の広場から大きなどよめきが聞こえてきて、最上たちの足は止まりかけた。こんな群衆のなかに、無防備な状態でプリンシパルを連れていくのか。

「心配いらない。行こう」

エディの声と器用なウインクに励まされ、長官を守って歩き続ける。

公園に集まった人々が、食い入るように見つめているのは、噴水のそばに立つ巨大なスクリーンだった。なにごとかと思えば、そこに映し出されているのは、公園内部に集まった群衆の様子だ。少し高い位置から、群衆を見下ろし、舐めるように端から映し出していく。変わっているのは、人物ひとりひとりの顔に、緑色の四角い枠線が描かれていることだ。中には、枠線が黄色い人もいる。

映像を見て、最上はハッとした。

「——防犯カメラの映像か！」

公園内に設置された複数の防犯カメラの映像を、次々に切り替えながら、スクリーンに投影しているのだ。ちょうど映っているあたりにいる人々が、くすぐったそうに笑いながらスクリーンを指さしている。

突然、画面がぴたりと停止し、緑色の四角形で囲まれた男性の顔が、大写しになった。最上の位置からは、その中年男性本人の驚愕が見て取れた。スクリーンには、男性の顔の横に文字が次々と現れている。

（前科二犯：窃盗。ステータス異常：発汗、視線、手）

男性を囲んでいた緑の四角形が、一瞬で赤に変化する。何が起きているのかとスクリーンを見守っていた人々は、現実の群衆にまぎれている男性を見つけると、彼を鋭い視線で睨んだ。

「窃盗で前科二犯って、スリじゃないのか」

「混雑を狙ってきたんだ」

「だからあんなに汗をかいて」

「ほら、逃げようとしてる」

群衆のあいだでざわざわと非難の言葉が交わされ始めると、男性は身の危険を感じたか、あるいはいたたまれなくなったのかもしれないが、周囲を押しのけるようにして、歩きだした。けわしい視線が集中している。

何が起きたのか、最上は理解した。

「――あれが〈ケルベロス〉なんだな」

自分たちが見ているのは、〈ケルベロス〉の画面だ。おそらく、いまクローズアップされた男性は本当に前科二犯で、ひょっとすると今からスリを働こうとしていたのかもしれない。それを〈ケルベロス〉が見破ったのだ。

――犯罪を予防するシステムか。

なるほど、こんなことが可能になるのなら、速水長官が〈ケルベロス〉開発にGOサインを出したのも、頷ける。

画面はふたたび、ゆっくりと動き始めた。広場に何台のカメラがあるのかわからないが、それらが群衆を撮影し、〈ケルベロス〉が解析している。

ふたたび、映像はひとりの若い女性の顔をクローズアップした。彼女と腕を組んで隣に立っている男性が、なにごとかと驚いたように画面を見上げている。女性が、居心地悪そうに顔をしかめ、男性の肘を引いて「もう行こう」と言っているように見えた。

（前科：結婚詐欺。ステータス異常：なし）

緑の枠線が、再び赤に変わる。

広場の群衆がどよめく。スクリーンに映る男性の顔は青ざめていく。彼女は大慌てで、男性になにやら必死に話しかけているが、その声も耳に入っていないようだ。やがて彼は、彼女の手を振り払うと、人の波をかきわけて逃げ始めた。

「待って！　違うの！　そうじゃないのよ、聞いて！」

彼女の悲痛な声が響く。彼を追いかけようとしているが、人の多さに阻まれている。

最上が、いま目にした光景を消化しきれずにいるうちに、〈ケルベロス〉は容赦なく次の獲物を選んでいた。それはぽっちゃりとした小柄な男性で、Tシャツにジーンズを穿き、自分がスクリーンに大写しになると、何が起きたのかわからないように目を丸くし、口を尖らせてスクリーンに見入った。スクリーン上の男性は、顔中から汗が吹き出している。

(前科：なし。ステータス異常：発汗、心拍数)

彼の顔を囲む線は、緑から黄色になった。前科はないが、〈ケルベロス〉は彼の態度と挙動を怪しみ、監視するつもりなのだ。

──マギが、〈ケルベロス〉と広場のスクリーンをつないだんだな。

ようやく、マギが何をやろうとしているのか、わかってきた。マギは、〈ケルベロス〉の画面を、このスクリーンに表示させることで、その存在を明らかにしようとしている。〈ケルベロス〉がどんな機能を持っているのか。自分にどんなふうに関わってくるのか。漠然とした「他人事」ではなく、身近な体験として、知らせようとしているのだ。

だが、これでは広場に集まった人のなかに前科を持つ人間がいれば、すべて明らかにされてしまう。前科を持つ者が、ふたたび罪を犯すとは限らないのに、そういう予断を持って〈ケルベロス〉は人間を見ているのだ。

さっきの結婚詐欺師の女性は、本当に隣にいた男を騙そうとしていたのだろうか。詐欺を働いた経験はあるのかもしれないが、今はまっとうな恋愛をしていただけなのかもしれない。もしそうなら、〈ケルベロス〉は彼女の幸せを、粉々に砕いたことになる。

――マギ、これはまずいぞ。

こんなやりかたは、人権の侵害だ。だが、マギならきっと、人権を侵害しているのは自分ではなく、〈ケルベロス〉だと言うのだろう。

その後も、何人もの人々が大画面に映り、緑や黄色、赤の枠線で顔を囲まれ、あるものは慌てて広場を去り、あるものは呆然とその場に立ちすくんだ。オペロンでスクリーンを撮影するものもいる。この場にいない人々に、知らせようとしているものも。

こちらから、この場の様子を撮影して、拡散したりする必要はない。それは、この場にいる人々がやってくれるのだ。

「これはいったい、何？」

「あそこに出ているガイド文字は、本当？」

だんだん、みんなの顔色が悪くなっていく。次は自分が標的になるかもしれないと、ようやく気がついたかのように、不安げに周囲を見回している。

最上たちは、エディを先導にし、じわじわと広場の中央に近づきつつあった。

スクリーンの画面が変わった。

「――！」

最上は唇を結んだ。自分たちが映っている。いや、〈ケルベロス〉が中心にとらえて拡大したのは、速水長官だ。当然の帰結だった。防犯カメラのレンズが、ついに長官をとらえたのだ。長官は、落ち着いた足取りを崩さず、表情にも変化がない。

(警告)

画面上に、真っ赤な文字が点滅する。長官の顔を赤い四角が囲んでいる。周囲を警護する最上たち三人の顔も、黄色く囲まれている。

(指名手配。前科：なし。ステータス異常：なし)

警察庁長官だ、という声が囁かれた。手配中の長官が現れたのだと気づくと、群衆は道を開けた。驚くほどのみごとさで分かれた道を、最上たちはまっすぐ、噴水に向かっていった。

そこに、演壇とマイクが用意されていた。

長官は壇上に駆け上がり、集まった人々に頷きかけた。最上らは、油断なく周囲を見回した。全体を視野に入れ、おかしな動きがあれば、すぐさま長官を壇から引きずりおろしてでも守るつもりだ。

　こんな場所に、プリンシパルを連れてくるべきではない。だが、「守るべきものは、長官の自由」だ。

「警察庁長官の速水です。皆さんはいま、歴史の目撃証人になった。見ましたね？　あれが〈ケルベロス〉だ！」

　長官の指が、まっすぐ突き刺すようにスクリーンに向けられる。つられるように、群衆の視線もスクリーンの、速水自身の顔に引き寄せられている。

「皆さんの知らない間に、犯罪を予防するためと称し、監視が始まったんです。私も当初は、犯罪予防のためならそれもしかたがないと思った。国民ひとりひとりのプライバシーを守ることは重要だが、多少、個人の自由を犠牲にしても、それで社会全体の安全が保たれるなら、ある程度のことは我慢すべきだと思った。だが、〈ケルベロス〉には隠された本当の目的があった。それは、証拠を捏造し、冤罪をつくるためのものだったのだ！」

　広場に集まった人々は、〈ケルベロス〉の不気味さを目の当たりにしていた。それは、知られたくない過去を容赦なく暴き、汗をかいたり、心臓の鼓動が激しくなったりという生理現象までもキャッチし、問答無用で監視の対象とする。過去はどうあれ、生き方を変えようとしていても、〈ケルベロス〉は頓着しない。

今ならみんな、自分のこととして感じているはずだ。

最上は眉をひそめた。パトカーのサイレンが迫っている。〈ケルベロス〉の警告を受け、急行したのだろう。駅の方角から、大群衆をかきわけ、制服警官にまじって背広姿の刑事たちも、こちらに近づいてこようとしている。そこここで、無理に人の群れをどかせようとする警察官と、集まった人々との小競り合いが起きている。

「速水典弘！　殺人容疑で逮捕する！」

警察手帳を持つ手で人を押しのけ、濃紺スーツ姿の中年男性が怒鳴った。

「江島君か。公安第五課は、〈旭光〉のイヌに成り下がったな！」

長官が、一歩も引かない気迫で、江島と呼んだ男性に叫んだ。あの男が公安第五課長の江島らしい。

――どうする。離脱するか。

最上は長官と江島課長との間合いを測った。

エディは腕組みし、ことの成り行きを眺めている。

「待ちなさい！」

広場に、ひときわかん高い女性の声が響いた。おそろしくよく通る声だ。

「監察官の長久保です。あなたが持つ逮捕状は無効です！」

小柄な長久保警視は、人の波に完全に埋もれそうだったが、背後に何人ものスーツ姿の警察官を従えて、肩を怒らせやってきた。彼女の隣には、冴えない風貌の中年の刑事と、黒い野球帽を目深にかぶり、顔を隠した体格のいい男もいた。最上はふと、首をかしげた。

――どこかで見たような男だな。

野球帽の男は、目立たぬように刑事たちの陰に隠れている。

中年刑事を見たとたん、江島課長が憎々しげに顔をしかめた。

「なぜこんなところに君がいるんだ、寒川！」

――なるほど、この男が寒川刑事なのか。

最上たちは、電話の声しか聴いたことがなかった。中年の刑事が、わずかに首をかしげる。

「ちょっとばかり、刑事の仕事をしたんですよ、課長」

「その女は何だ！　なぜ逮捕状が無効なんだ！」

江島が威嚇《いかく》するように怒鳴ると、長久保も負けじと胸を反らした。

「先ほど、速水長官の自宅に住み込んでいたメイドの自称・奥村千里を、殺人容疑で逮捕しました。三年も前から、身元を偽って長官の家で働き、陥れる日を待っていたと自白しました」

「なんだと――」

「証拠もあります。まず、被害者の男性が刺された時には、長官はまだ自宅に到着していませんでした。被害者の男性が身に着けていた心拍数モニターが、彼が心肺停止になった時刻を正確に示しています。その時刻、長官の乗った車が自宅から離れた場所にいたことは、車のGPSから判明しています」

江島の顔が真っ赤になった。

「それに、邸内にあるメイドの部屋から、そこにあるはずのない、長官の飲み薬が見つかりました。メイドが隠した時に、落ちたのだと思います。彼女は、長官が逃げる際に、処方薬を手に入れようとすることを見越し、薬を隠したんです。真犯人の逮捕をもって、長官の逮捕状は取り消されました」

「馬鹿な――」

広場に集まる人々は、あっけにとられた面持ちで、彼らのやりとりを見守っている。

長久保は目を怒らせ、江島を睨んだ。

「それから、覚悟してください、江島課長。あなたは、速水長官が犯人ではありえないという証拠が見つかった時に、それは時計が狂っていたのだろうから、証拠として採用しないと鑑識に告げたそうですね」

「そんなことを言った覚えはない！」

江島が強い態度で否定した。電話の会話が証拠では、「言った」「言わない」の水掛け論になりかねないと、最上はひやひやしたが、長久保はツンとして、肩をそびやかした。

「残念でしたね。〈ケルベロス〉は電話の会話も盗聴の対象にしているんですよ」

長久保の言葉が、江島課長に浸透するまでしばらく時間がかかった。

「課長、そろそろあきらめましょうや。すぐバレる嘘は、つけばつくだけ自分の首を絞めますよ」

寒川刑事がとぼけた口調で言い、古ぼけたICレコーダーを取り出した。

『それはきっと、時計の時刻が狂っていたんだろう。証拠としては採用できんよ』

きっぱりと告げる江島課長の声が流れる。長久保が大きく頷く。

「お気の毒ですが、〈ケルベロス〉はあなたと鑑識の会話もちゃんと盗聴していて、圧縮して音声で残していました。あなたが嘘をついていることが、〈ケルベロス〉にはわかっていたようですね。即座に犯罪だとは判断しなかったようですが、犯罪にかかわる嘘なのでデータを保存したんでしょう」

どんなにすぐれた機械やプログラムであっても、使う人間にかかっている。〈ケルベロス〉は、あらゆる通信と防犯カメラの映像をもとに、犯罪の予防を行う。その機能が、江島課長の仇になった形だった。

同時に、マギがブラックホークとクーガや関係者の端末に、秘話機能を持つアプリを導入させたことの正しさにも唸らざるをえない。

「あなたは、速水長官の無実を証明する証拠の存在を知りながら、それを隠した。なぜそんなことをしたんです？——まあ、いいでしょう、あなたはただ今から、監察官の監視下に置かれます。じっくりお話を伺いますからね」

長久保の言葉が終わると、真っ青になった江島課長のもとに、スーツ姿の監察官らが駆け寄った。

速水長官と長久保が、無言で頷きあう。長久保が、長官の演台に近づいた。

「長官、私にできるのはここまでです」

「おかげで助かったよ、長久保君。みごとに事件を解決してくれたな」

「寒川刑事のお手柄です。私は何もしていません。——ではこれで」

彼女は一礼し、部下の監察官と江島課長を引き連れて歩きだした。去り際に、ちらりとブラックホークの面々にも視線をくれたが、馴れ合うつもりはないらしく、顎をつんと上げて冷ややかに睨んだだけだった。思えば、彼女は〈デーモン〉須藤課長の義理の妹になるはずだったのだ。

寒川は、この場に残ることに決めたようだ。彼は広場を見回し、大群衆とその反応を前にして、なぜか目を潤ませていた。彼がここまで〈旭光〉に反発するのには、個人的な理由があるのだろうか。

長官がマイクを持ち直す。

「――皆さん。いまお聞きになった通りです。私は殺人犯ではありません。殺人の濡《ぬ》れ衣《ぎぬ》をきせられたのです。〈ケルベロス〉は、他にも多くの冤罪を生みました。昨夜、大勢の若者が、不正アクセス禁止法にもとづき逮捕されました。選挙中の自由民権党候補に対し、偽の情報を流して不当な攻撃を行ったというのが、その理由です」

広場に静かな興奮が広がっている。自分たちの目の前で、まさに歴史に残る瞬間が繰り広げられているのだと、みんなが気づき始めたのだ。

長官は、厳しい目で広場を見渡した。

「だが、それはすべてでたらめなのです！　一部の候補を選挙で有利な立場に置くための、捏造です！」

その時、誰かが「最上！」と叫んだ。

ふいに、高い場所で何かがキラリと光った。最上は長官に飛びつき、自分の身体を盾にして演壇の向こうに転がった。直後に、今まで長官が立っていたあたりに、ピシリと音がして、銃弾が撃ち込まれた。

「狙撃だ！」

広場から悲鳴が上がる。身を隠す盾になるもののない広場に、何千人もの人々が集まっている。逃げるに逃げられず、彼らはその場にうずくまって頭を抱えたり、鞄を身体の前で抱えて銃撃に備えたりして、不安な視線で周囲を見回した。

――ニードルか？

一瞬、混乱しながら最上は考えた。

――違う。いまニードルが長官を狙撃する理由はないし、だいいち、ニードルなら絶対に外すはずがない。

スクリーンの映像が、文化会館の屋上に切り替わった。

ひとりの大柄な男が、ライフル銃を持った男の腕をつかみ、締めあげている。大柄な男は全身黒ずくめで、黒い革のジャンパーを着ていても、鍛えあげたぶ厚い胸板や、猛獣を思わせる筋肉のついた二の腕が見てとれる。

由利だった。由利が、狙撃犯を捕らえている。

最上は身体から力が抜けそうになった。

「撃つ前に捕まえてくれよ！――ったく」

狙撃される直前に声をかけて、注意を促したのはいったい誰だろう。あの声にも聞き覚えがある。

周囲を見回し、先ほど寒川刑事らと一緒に現れた、野球帽の男を見た。

——まさか。

「斉藤？」

最上の声を聞いて、男が野球帽のつばに手をかけ、ちらりと顔を見せた。はにかむような、困ったようなその笑顔を見て、最上は目を瞠った。

「斉藤——あんたか！」

前の特殊警備隊副隊長、斉藤ハジメだ。事件に巻き込まれ、責任を感じて隊を離れていた。辞表を提出したとも耳にしていたが、こんな形で現れるとは思わなかった。

「最上、気をつけろ。〈旭光〉はなりふりかまわないぞ」

斉藤が注意する。おそらく彼は、須藤課長の命令で、ブラックホークの正規部隊とは別に行動していたのだ。特殊警備隊を離れて久しいため、〈ケルベロス〉も彼を特殊警備隊員とは把握できないだろう。その立場が、有利に働く。

それに、ふと気がついた。斉藤はこれまでにも自分たちを救ってくれたのだ。あの野球帽、メイが警察から逃げてカーチェイスを繰り広げた際に、道路をふさいだトラックの運転手もかぶっていた。

広場がざわめき始めた。

人々を戸惑わせたのは、ライフルを持ち、捕らえられているほうの男が、警察官の制服を着ていることだった。

「どういうこと——」

「警察官が長官を狙撃したのか？」

赤い枠は、狙撃を防いだ由利のほうだけを囲み、点滅している。相手は警察官なので、銃器を持ちそれを使っても、〈ケルベロス〉は犯罪だと認識しなかったのだ。

（前科：殺人。ステータス異常：なし。特記事項：クーガ）

由利について表示された説明に、どよめきが上がった。クーガが警察官を捕らえ、警察官は長官を狙撃する。目の前で起きていることの異常さに、広場の人々は混乱している。

『誰も怪我はないか？』

浅井隊長の声が無線に飛び込んでくる。

「こちらマングース、プリンシパルは無事だ」

速水長官は、狙撃犯が無力化されたと気づくと、ゆっくり起き上がった。

「皆さん、お怪我はありませんでしたか。落ち着いて対処しましょう。いま皆さんが目撃したことは、すべて事実です。警察官が、警察庁長官を狙撃したんです。なぜか？　警察の中にも、〈旭光〉と呼ばれる国粋主義者の一派が入り込んでいるからです」

長官はふたたびマイクを握り、広場に集う人々に語りかけている。

「〈旭光〉が、警察を自由に操り、自分たちの理想を実現するために作ったもの、それが〈ケルベロス〉です。〈ケルベロス〉の本体は、ここ上野恩賜公園の地下にあります。ここに――皆さんの足の下に！」

足元に、危険なものが埋まっているかのような、不安な感覚がみんなを包み始めている。

「先ほど私は、〈ケルベロス〉は電子的な証拠を捏造することができると言いました。その証拠もあります！」

――その証拠。

最上は慌てて、周囲を見回す。

そう言えば、ＡＩの専門家はまだ到着しないのだろうか。

「皆さん、その男に騙されてはいけない！」

ふいに、太い声が高らかに叫び、群衆はぎょっとした様子でそちらを振り返った。

大勢の制服警察官が、こちらに向かっている。彼らの中央で憤然としているのは、丸顔で小柄な背広姿の中年男性だった。けわしい表情で速水長官を見据え、足早に歩いてくる。

「その人の言葉は嘘ばかりです。皆さん、騙されてはいけない。だいいち、皆さん今その目で見たでしょう。屋根にいるあの男、クーガのナンバー2ですよ！　テロリストで、殺人者です。警察庁長官が、クーガの助けを借りたんですよ！」

中年男性の声は、小型のマイクで拾ってスピーカーを通して流しているらしく、広場全体にもよく響いた。

「横山次長」

長官が、初めて見る他人に向けるような目で、中年男を見つめた。

「君も〈旭光〉の一員だったとはな。気づかなかったよ」

「何の話ですか」

次長は薄笑いを浮かべ、周囲の警察官たちに頷きかけた。

「広場の皆さんは、すぐに解散してください。撮影した写真、動画は削除するように。今日ここで見聞きしたことを、みだりにSNSで拡散すると、逮捕します。当公園は、警視庁が封鎖しました。三か所の出口をつくり、検問を敷いています。皆さんはその出口から、ひとりずつ順番に身分証明書を提示し、公園から出てください」

動画の削除を命じたり、SNSでの拡散を禁じたり、身分証明書を提示せよと言ったり、横山次長の言葉に違和感を覚えた人は多かったはずだ。思い切って反発する人が出てこないのは、制服警察官を連れているからだろう。

「横山君、民間人を人質にするな！　いちいち汚いやり方だな！」

速水長官がマイクを下げ、次長に怒鳴る。怒りで頬が赤くなっている。次いで彼は、次長と行動をともにしている警察官たちに語りかけた。

「横山次長の命令に従っている諸君。君たちは、上司の命令に従って、服務規程の通りに仕事をしているのだろう。君たちを罰するつもりは毛頭ない。ただ、騙されていることに気づいてほしい。君たちがいま従っているのは、警察ではない。〈旭光〉だ」

たじろぐような表情を見せる警察官もいたが、何人かは無表情だった。一般の制服警官の中にすら、〈旭光〉の仲間が入り込んでいるのかもしれない。

「警察官に〈旭光〉のメンバーが大勢含まれることは、私もよく知っている。なぜなら、私自身が警察庁に入庁してすぐ勧誘を受け、〈旭光〉のひとりとなったからだ。だが、私はすぐにこの組織の危険性に気づき、彼らを内偵していた。信頼する部下に因果をふくめ、〈旭光〉の内偵に協力させたこともある。その後に起きた悲劇を考えると、今ではそれを後悔しているが」

最上は演壇の長官を見た。彼自身が〈旭光〉のメンバーだったと告白することは、危険な賭けだ。警察への〈旭光〉の関与を排除できたとしても、自分自身も警察庁から去らねばならないかもしれない。

　――長官は、〈旭光〉と刺し違えるつもりだな。

　その覚悟がなければ、勝てない相手なのだ。

　スクリーンに投影された画面が変わり、今度は砂嵐のような音も流れだした。薄暗い室内で、男女が並んで腰かけている。

『読朝タイムスの社会部記者、柳田と申します。今から、緊急で皆さんにお伝えしたいことがあります』

　男性のほうが話し始める。

『明日の選挙について、重大かつ悪質なフェイクニュースが流されています。しかも、そのニュースを流すために、無実の人たちが、いえ、三十人を超える無実の子どもたちが、捏造された証拠をもとに逮捕されました』

　最上のポケットに入ったオペロンから、電子音が流れた。速報ニュースという形で、動画の視聴を要求するものだ。よく見れば、それはオペロンを開発した、パーム社からの速報という形をとっていた。

　集まった人々も、自分の端末と広場のスクリーンを見比べている。

　――この映像は、全国で流れているのか。

ようやく、何が起きたのか最上は理解した。ブラックホークが、パーム社の協力を取り付けたのだ。でなければ、全国から殺到するアクセスに、サーバーが耐えられるはずがない。先日、暗殺されたパームジャパンの今井社長は、〈旭光〉のメンバーだったという。だが、パームの米国本社には、ブラックホークの顧客、アレックス・ボーンCEOがいる。

以前、警護したアレックスのことを思い出し、最上はパーム社の協力を得られないかと、須藤に進言したのだった。

生まれついて目が見えないアレックスは、自分の目の代わりになるものとして、オペロンの主要な機能を開発した。今ではパーム社のCEOで億万長者だが、自分と同じ弱い立場に置かれた人々を助けるという、当初の清新な気持ちを少しも失ってはいない男だ。

数日間の短いつきあいだったが、アレックスがこんな形で好意を示してくれたとは、つくづくありがたい。

『警察が新しく導入したシステム〈ケルベロス〉には、秘密の機能がありました。ソースコードを入手し、私たちが独自の調査を開始したとたん、警察は私たちも逮捕しようとしました』

『私は道成朋美《ともみ》、AIの研究者です。ソースコードは私が解析しました』

女性のほうが話しだす。ネットニュースなどによく登場する専門家が現れたことで、広場にもざわめきが起きる。

『〈ケルベロス〉と呼ばれるシステムは、バックアップデータなどとも整合性をとりながら、電子的な情報を改竄する機能を持っています。こんな機能が、なぜ必要なのでしょうか。〈ケルベロス〉は、誰かのニーズに合わせて、都合よく犯罪者を生み出せるシステムなんです。しかも、それに気づいた人々を、次々に逮捕したり、指名手配したりして、発言権を奪っています。こんなことを許すわけにはいきません』

スクリーンを見上げて驚愕の表情を見せていた横山次長が、警察官らに映像を消せと命じている。戸惑った様子の警察官が何人か、公園の管理事務所に走っていく。しばらくすると、スクリーンの電源そのものを切ったらしく、画面が消えた。

だが、映像はもちろん停まったわけではない。各自のオペロンから、同じ音声が流れ続けている。

驚きのあまり、凍りついたようにスクリーンの声に耳を傾けていた人々が、話し始めた。

「長官の話は本当なんじゃないか」

「捏造した証拠で逮捕されたのって、昨日の夜のあれでしょ」

「自由民権党の陰謀だったのか」

「ここで見聞きしたことを拡散するなって、どう考えても変だよね」

「会場の皆さんは、早く広場から退場を！」

必死に叫ぶ次長の声も空しい。ようやく、〈ケルベロス〉の存在の危うさが、みんなに届き始めたようだ。危険な賭けだったが、マギがこの広場に大勢の人間を集め、〈ケルベロス〉を実体験させたことは、たしかにうまく作用していた。

『――〈マングース〉、こちら〈スカー〉。そろそろプリンシパルを連れて、現地を離脱してくれ』

浅井の声が無線に飛び込んでくる。

「あとひとこと、言わせてくれ」

長官がマイクにかじりつくように言った。

「私は皆さんに約束します！」

長官の声が、広場に響きわたる。

「必ず、〈ケルベロス〉を停止します。このシステムは、そもそもの目的から根本的に検討し直す必要がある。犯罪を予防するという目標は立派だったんですが、目的がねじれてしまった。だから、使用を中止して、本来の目的のために設計をやり直す必要がある」

広場に集った人々は、長官の言葉に真剣に耳を傾けている。

「そして、明日の投票については、不正アクセス禁止法の件を考慮せず、投票先を決めてください。なぜならそれは、捏造された逮捕だからです。誰が捏造したのかは、まだ捜査が終わっていないので申し上げることはできません。ですから、この件に関しては、いっさい考えに入れないのが正しいと思う」

今や、多くの人がオペロンで長官を撮影している。彼らは、自分たちが今ここにいることの意義に気づいたのだ。彼らは長官の言葉を全国に広める、スポークスマンの役割を自ら進んで果たそうとしていた。横山次長の脅しなど、意にも介していないようだ。

「皆さん、ご自分の考えで、正しい判断をしてください」

長官が手を振り、演壇を降りてくる。

「撮影は許さない！　すぐに撮影した写真や動画を削除しなければ逮捕する！」

横山次長の怒鳴り声は、金切り声に近づいている。

「今の長官の発言は、機密事項でもなんでもないぞ！　撮影した写真を消さなければいけない理由を言ってみろ！　お前も〈旭光〉なのか！」

群衆の中から、ひときわ大柄な男性が、オペロンを高々と掲げ、身を乗り出すようにして叫んだ。最上は気づいた。耳にピアスをしたその男性は、横山次長を撮影しているのだ。横山の顔色が変わった。

「職務執行法違反だ！　あの男を現行犯逮捕しろ」

横山を取り巻く制服警官らは、戸惑ったように顔を見合わせたが、ひとりが進んで警棒を振り上げ、ピアスの男性に駆け寄った。

──危ない！

ひやりとした瞬間、銃声が響いた。

制服警官の手から、警棒が弾け飛んだ。

「ひゃっほう！　ケーサツのお前ら、そのおっさんについていっても、うまい汁は吸えねえぞう！　一般ピーポーに手を出してみろ、俺さまが許さねえからなあ！」

──あのすっとんきょうな声は。

文化会館の屋根に、もうひとり増えている。ニードルが、ライフルを振り上げて、踊るような足取りで屋上を駆け回っているのだ。マイクなどつけている様子はないのに、ニードルの声はこの群衆を前にしてもよく届いた。

「──しょうがねえな、あの男」

いかれた奴だ。だが、ニードルの狙撃のおかげで、ピアスの男性は無事だった。制服警官らも、毒気を抜かれた態《てい》でニードルを見上げている。

「──行きましょう」

最上は長官をうながした。あとは、由利たちが脱出すれば問題はない。

「これで、選挙も少しはあるべき形に戻るだろうか」

長官は、まだ不安そうだ。

「そうなることを祈ります。これだけ大騒ぎして、元の木阿弥ではやりきれない」

「たしかにな」

モーセが割った紅海のように、ざっくりとふたつに分かれて道を作る人々の間を、長官を中央に警護し、最上らは急ぎ足に進んだ。エディと斉藤、寒川刑事も後ろからついてくる。

駐車場に停めた車に戻るつもりだ。

メイはホーク・テンの運転席で、涼しい表情で待っていた。この車に乗り込むと、安心感がある。

「須藤課長から連絡があった」

メイが言った。

「これから、自由民権党の党本部ビルに来いと言っている」

「党本部ビル？」

やれやれとため息が出る。まだ、これで終わったわけではなさそうだ。

「俺はここで失礼するよ」

斉藤ハジメが、最上とメイにだけ告げ、立ち去ろうとしていた。

「斉藤、待てよ。いつまでこんな状態を続けるつもりだ」

斉藤が、ちらりとエディを見やる。

「——さあな。正直、合わせる顔がない。俺はこれからも、特殊警備隊の陰の存在でいいと思ってる」

「馬鹿言うな。特殊警備隊は未曽有《みぞう》の人手不足に悩まされてるんだぞ。助けると思って、戻ってこい」

最上が頰をふくらませると、斉藤が苦笑いした。

「——お前らしい言い方だ。最上が立派にやっていて、嬉しいよ。特殊警備隊を頼む」

斉藤の背中は頑なだ。妹尾前隊長の意識が戻り、復帰できるようになるまでは、彼も戻る気がないのかもしれない。

——そんな日は、いつか来るのだろうか。

15

投票日の前日、山浦はいつも、一睡もできない。

党幹事長として候補者の応援に行き、事務所を回って激励し、明日の票を読む。党本部に立ち上げた選挙対策本部に陣取り、刻一刻と移りかわる状況に神経をとがらせる。

だが、今夜はさらに悲惨な夜になりそうだった。

『明日の選挙について、重大かつ悪質なフェイクニュースが流されています。……』

丸顔の記者が、画面からこちらをしっかり見つめて語っている。もとはパーム社のアドレスで流れた告発動画だったが、今ではコピーされて拡散し、テレビのニュースでも流されている。

「――まさかこんな」

山浦は力なく呻いた。うまくいっていたはずだ。〈旭光〉の内部事情に詳しく、このやり方に猛反対しそうな速水長官は、表舞台に出てこられなくなるように仕組んだ。

ところが、上野恩賜公園で速水長官がゲリラ的に演説を行い、自らの身の潔白を知らしめ、次いで〈ケルベロス〉の存在も白日のもとにさらした。すべて、その場にいた人々が動画や写真、記事などさまざまな形で公表している。もう、隠しようがない。

――横山警察庁次長のせいだ。

やはり、あの男では力不足だったのだ。速水は裏切り者だが、力量では横山などそばへもよらない男だった。

不正アクセス禁止法を利用して、捏造した証拠をもとに政敵側の逮捕者を量産したことが広まれば、明日の選挙は自滅だ。

「どうしても負けられない選挙だったから、やったまでじゃないか！」

俺のせいではない、と山浦は唸る。

ノックの音とともに、秘書が幹事長の執務室に顔を見せた。慌てた様子だった。

「すみません、幹事長。牧原先生がお見えになっています」

「――なんだと」

その言葉が終わらないうちに、無遠慮に幹事長室に足を踏み入れてきた男たちがいた。

「やあ、山浦君。調子はどうかな」

朗らかな調子で声をかけてきたのは、牧原和義だ。前幹事長だったが、現在は金融商品取引法違反の疑いで東京地検特捜部の取調べを受けているため、幹事長職を離れている。

山浦は、この男が苦手でならなかった。外見から実年齢は推し量れないが、もう七十代半ばだ。気さくで磊落な態度は演技ではなく、短く言葉を交わしただけで、相手のふところに飛び込んで笑顔にさせる、不思議な人間的魅力がある。残念ながら山浦にはそれがないことを、自覚している。

「――牧原さん。いったいどうしたんですか、こんな時に」

「こんな時だから来たんだよ」

牧原の後ろから、慇懃《いんぎん》な雰囲気の男性が現れる。山浦もまんざら知らない男ではない。ブラックホーク社の警備課長、須藤英司だ。自由民権党も、ブラックホークにはたびたび警護を依頼している。クーガに狙われた時など、実に頼りになる警備会社だ。だが、今日は悪魔にしか見えなかった。

「ご無沙汰しております、山浦幹事長」

須藤が微笑んだ。山浦は、不承不承うなずいた。須藤の背後から、まだ他の男たちが入ってくるのを見て、ギョッとする。

「君は——」

速水警察庁長官と、ブラックホーク社のボディガードたちだ。さらに後ろから、もっさりとしたスタイルの中年男がひとりついてくる。

「無事でなによりだ、長官」

山浦はとりつくろい、微笑んだ。

「なにやら、捜査の初動段階で不備があったようだね」

「その件ですが」

地味な中年男が、長官の後ろからしゃしゃり出た。こんな男の意見など聞いていないのに、無礼な男だ。

「公安第五課の寒川と申します。速水長官邸の殺人事件ですが、真犯人はメイドの女性でした。容疑者は身元を偽って長官のお宅に勤めており、本名は千草苑子、新興宗教の『いやさか教』幹部です。この宗教団体の名前は、幹事長もよくご存じだと思いますが」

公安第五課と聞いたとたんに、不愉快になる。江島課長は何をやっているのだろう。こうした跳ねあがりを抑えるのも、課長の仕事ではないか。

不機嫌を隠さず、山浦は眉間に皺を寄せる。

「なぜ私がそんな新興宗教を知っていると思うのかね」

「幹事長の後援会には、『いやさか教』教祖の名前がありますし、幹事長も『いやさか教』のパンフレットに推薦のコメントを寄せておられますね。教祖と幹事長は大学のお友達で、年に一度はご学友で集まって焼肉パーティをされるそうですね。他にもいろいろありますが、全部ご説明したほうがいいですか」

思いのほか、この男は山浦のこともよく調べている。こういう事態にならぬよう、江島課長にはよく言い含めておいたはずだ。

山浦は、顔をしかめて手を振った。

「もういい。それで、何が言いたいのかね」

「幹事長、千草苑子に殺人を使嗾《しそう》しましたね」

寒川という刑事が、さらっと言った。

「馬鹿を言うな。そんな女のことは知らん」

「焼肉パーティの後のカラオケで隣に座って、頬を寄せ合っている写真もあるんですが」

顔が赤らむのを感じる。近ごろはみんな、携帯端末で気軽に写真を撮りすぎる。

「知らん！　パーティでたまたま会って、隣に座ったんだろう。いちいち名前を覚えているわけじゃない。たとえその女と私が会ったことがあったとしても、なぜ私が殺人をそそのかしたりするんだ」

「速水長官を陥れるためです」

息が詰まりそうになり、山浦は真っ赤になって喘《あえ》いだ。千草苑子に事件を起こさせたのは、山浦ではない。もちろん、山浦も加担していたが、彼ひとりの考えではない。だが、このままでは、彼自身の責任として刑事責任を問われそうな雰囲気だ。

「いったい、何を――」

「まあまあ。落ち着きなさい、山浦君」

牧原が勝手に椅子を引き出し、腰を下ろしながら手を振る。

「君ね、明日の選挙は負けるよ」

ぎくりとして、山浦は牧原を見つめた。

「外の騒ぎを知らないのかね？　自由民権党の本部ビルの前は、ニュースを見て抗議に訪れた人でいっぱいだ。なるほど、この部屋は完璧に防音されているから、気がつかなかったんだな」

牧原があごをしゃくると、ブラックホークの若い警備員が窓に近づき、開いた。とたんに、マイクを通した大音量の演説が聞こえてきた。

『自由民権党は恥を知れ！』

『他人を陥れるな！〈ケルベロス〉を潰せ！』

急いで窓に近づくと、ビルの前の歩道に鈴なりになった群衆が、口々に叫びつつ、プラカードや拳を振り上げている。その人数は、時を追うごとに増え続けているようだ。

「そして、この光景もまた撮影され、流されているわけだ。勝てると思うかね？」

山浦は蒼白になり、黙り込んだ。

「明日、自由民権党は負ける。君のせいで」

「――――」

「特捜に私を売ったのも、君だろう？」

いきなり闇からパンチを打たれた気分で、山浦は牧原を振り返った。牧原は腕組みし、冷ややかにこちらを見つめている。

「そんな――」

「どうなんだ？　インサイダー取引の証拠を、外部に漏らしたのは君だろう。私が〈旭光〉に興味を示さないから」

――牧原は知っていたのか。

山浦は、青ざめたままうなだれた。明日の選挙で負けるのは、眼前の光景を見る限り、間違いない。山浦は、選挙の責任を取って幹事長を退任するしかない。

「山浦君。君は幹事長を辞めるだけじゃすまない。〈ケルベロス〉を使って他政党を陥れようとした責任もある。速水長官に対する一件もある。長い裁判になりそうだな」

嬉々として喋っている牧原に、殴りかかりたくなった。

「だが、私からひとつ提案をしてあげよう」

「――――」

「君は、このまま幹事長を続けてもいい」

何を言われたのか理解できず、顔を上げる。希望の光が山浦の目に灯っている。牧原がひとつ頷く。

「私もしばらくは自由に動けないだろうからな。君がこのまま幹事長の座に座り続けることができるよう、私からも各方面に働きかける。〈ケルベロス〉の件は、誰かいけにえを見つければいい。そして、速水長官の件は」

牧原がとぼけた表情で速水長官を見やると、長官も輪をかけてとぼけた顔で、頷いた。

「不問に付してもかまいません。もちろん、我々の提案を受け入れるならですが」

「提案――?」

牧原がにっこりと笑った。この男がこんな顔をする時は、何か意図があるのだ。

「もちろん、〈旭光〉をこの世から消し去るんだよ。君も手を貸しなさい」

＊

ずっと、疑問を抱え続けてきた。

丹野は何のために命を落としたのか。

彼は結局、どういう人間だったのか。

「このメダルを、誰に返せばいいのかわからず、私がずっと預かっていました」

寒川は、〈旭光〉のマークが入った丹野のメダルを、速水長官に渡した。

自由民権党の党本部ビルを出て、牧原の提案で、八重洲にある彼のタワーマンションにやってきたところだ。

牧原は、今後の相談をしたいと言って、速水長官とブラックホーク社のボディガードたち、それに須藤課長と寒川を自宅に上げたのだった。

ボディガードは五人いた。みな精悍な顔つきで、鍛えた身体つきをしている。彼らも牧原の自宅に上がるのは初めてのようで、珍しそうに周囲を見ている。あるいは単に、緊急事態が発生した時のために、観察しているだけかもしれない。女性もひとりいた。彼らの生気に満ちた若さに、寒川は目を細めた。

――そう言えば丹野も、嬉しそうに周囲を見ていると思ったら、盗聴器を探していたことがあった。

「――これは丹野君のメダルですか」

速水長官は、しげしげとそれを見つめ、しばらくの後、寒川の手に戻してきた。

「あなたが持っているといい、寒川さん。丹野君はきっと、あなたを信頼して、メダルを預けたんでしょう」

「丹野は、〈旭光〉のメンバーだったんですか」

「彼も、もとは私が誘ったんです。〈旭光〉を内偵するために」

長官は、いっかいの刑事にすぎない寒川にも、丁寧な口調で話し続ける。

「それでは、丹野は長官の部下のようなものだったんですか」

「年は離れていますが、学校の後輩でね。須藤君もそうです。私が誘ったばかりに、ふたりには申し訳ないことをしました」

だが、丹野の様子には、それだけとも思えないところもあった。

「丹野君は、内偵を進めるうちに、少しずつ〈旭光〉に共鳴していったのだと思います。彼のように真面目で向上心の強い人間にとっては、麻薬のような一面がありますからね、〈旭光〉には。彼は特に、苦学生だったから、〈旭光〉のルサンチマンに引かれる部分はあったのだろうと思いますよ」

「それじゃ、丹野は――」

「だんだん私から離れていったが、最終的には〈旭光〉の指示でクーガのニードルを狙っていたようです。彼も元はといえば〈旭光〉の暗殺部隊の一員だったから」

寒川はため息をついた。ニードルは、丹野を殺した張本人でもある。それではあれは、〈旭光〉を飛び出したニードルを粛清しようとして、返り討ちにあったのか。

――なんてことだ。

小さなメダルを握りしめる。

丹野が死んで以来ずっと、このメダルを相手に、丹野が何を考えていたのか推測するのが癖になっている。

（寒川さんがいけないんだ。追ってはいけないことに、首を突っ込むから）

丹野の言葉の裏に、何があったのか、どうしても納得がいかずに調べ続けていた。あの男は、当初の印象通り、生真面目で潔癖な警察官だったのか。それとも、それはうわべだけで、秘密に満ちた裏の顔を抱えていたのか。

「まあまあ。そんな暗い顔をしなさんな、刑事さん」

牧原が、家政婦と一緒に、おにぎりとお茶をワゴンに載せて押してきた。

「福島の実家から、いい米を送ってきたんだ。どうぞ皆さん、腹ごしらえをしてください」

そう言えば、この牧原という政治家は、カネが大好きだという噂と裏腹に、生活はごく質素だとも言われている。

――好物はおにぎりとメザシ。

そんな世間の評判に、寒川はふと表情を緩めた。勧められるまま、手に取った小ぶりのおにぎりは、炊き立ての米の香りが幸福感を誘った。息子にも食べさせてやりたいと、ふと思う。

「妹尾くんは、まだ意識が戻らないのかね」

牧原が尋ねると、ブラックホークの須藤課長が頷き、警備員のひとりを手で示した。

「――まだです。牧原先生、彼は妹尾の夫です。米国から戻り、弊社に入社しました」

「村雨です。選挙が終わるまで、牧原先生の警護につきます。押し売り警護ですが」

背の高い男が、ものおじせず牧原に右手を差し出す。その物腰が、どこかアメリカ風だ。牧原も、堂々とそれを握った。

「頼んだよ。それに、彼女は強い人だ。必ず意識が戻ると信じてる」

「ありがとうございます」

そう言えば、と速水長官が牧原に向き直る。

「牧原さんは、山浦幹事長があなたのインサイダー取引の証拠を売ったと、知っていたんですか」

牧原が、莞爾《かんじ》と笑った。

「知らないよ」

「しかし――」

「私が間抜けだったわけじゃなく、あいつが売ったんならいいなあと思ってただけさ」

先ほどまで深刻な表情だった速水長官が、笑いだした。どうやら、牧原前幹事長は、ずいぶんとぼけた人物のようだ。

「今回の件で、〈旭光〉は大きな打撃を受けたと思う。明日の選挙も、彼らが望んでいるような、自由民権党の圧勝とはいかないだろう。だが、これで壊滅するほど彼らもやわではない。勝負はこれからだよ、速水君」

長官をはじめ、ここに集った人々が力強く頷いた。

「山浦幹事長は、約束通り〈旭光〉を潰すために動くでしょうか」

須藤課長が、いかにも怜悧《れいり》な顔つきで尋ねる。この男は、常に頭の中で計算を巡らせているかのようだ。

「もし約束を破れば、椅子を失うだけだ」

牧原が片目をつむる。

寒川は、手のひらのメダルを再び握りしめた。あと数年で、自分は定年を迎える。その短い期間に、〈旭光〉による支配を阻止することができるのか、わからないけれど。

――丹野、俺はまだ、ちゃんと刑事の仕事をやっているよ。

近ごろそれが、寒川の呪文のようになってきた。自分をしゃんと立たせ、戦いに赴かせる呪文だ。

「さあ、どんどん食べてくれ。おにぎりしかなくて恐縮だがね、これが私の健康法なんだよ。

――おや、雨かな」

牧原が窓に近づいてカーテンを開けると、ガラスにぽつぽつと雨滴がかかった。

八重洲の夜の輝きが、雨にけむっている。

「それでは、こちらで失礼します」

須藤が慇懃に礼をした。

速水長官を自宅に送り届け、自宅周辺と邸内に不審な人物がいたり、怪しいものが放置されていたりしないか確認すれば、それでこの案件は終了だった。

自宅には、先に長官の妻子が戻っていた。浅井隊長と尹が付き添い、長官の帰りを待っていたのだ。家族の再会は、最上が見ても感動的だった。念のため、状況が落ち着くまでは、ブラックホーク社の警備員が自宅を警備することになっている。

「——須藤君。何と言えばいいかわからん。ブラックホークは、素晴らしいな」

須藤が微笑み、最上たちを振り向いた。デーモンと呼ばれる男が、この時ばかりは慈愛に満ちた師父のまなざしを彼らに注いでいた。

「ありがとうございます。彼らは、長い年月を経て、ブラックホークに『なって』いくんです。この仕事もまた、彼らをブラックホークに近づけてくれたと思いますよ」

もはや懐かしいとすら感じる、須藤のブラックホーク論だ。バンコクのムエタイの試合場に、ふらりと現れた須藤を思い出す。

自分は、きちんとブラックホークに近づけただろうか。いつか、ブラックホークになれるのだろうか。

「お前らしいな」

長官が頷き、須藤の腕を叩く。

「――本当にありがとう。今回のことは、生涯忘れない」

最上たちが出ようとすると、長官は玄関の外まで追ってきた。最上をはじめとし、メイ、富永、梶の順に、ひとりずつがっちりと握手する。この数日、目が回るような思いをしながら、同居生活を送った〈仲間〉だ。

(守るべきものはプリンシパルの命ではない。自由だ)

須藤課長のその指示で始まったミッションが、今ようやく終了する――。

「まだ気を抜くなよ」

車に戻ったとたん、あくびをしかけた梶の頭をこつんと叩く。

「メイがこれから、ひとりひとり自宅に送ってくれる。家に帰るまでは仕事、帰っても俺たちはブラックホークだ」

「すみません」

素直に頭を下げる梶を見ながら、そう言えば、自分もほんの一年くらい前まで、あんな若者だったろうなと振り返った。

須藤がホーク・テンの窓から中を覗いた。彼は別の車で帰るのだ。

「みんな、よくやった。今日は帰ってゆっくり休んでくれ。明日以降のことは、追って連絡する」

「了解」

——ひょっとして俺たちは、この国を救ったんだろうか？

須藤に尋ねてみたかったが、やめておいた。鼻で笑われそうだ。

「それじゃ、おやすみ」

特殊警備隊の慣習で、若手の梶から自宅に送り届け、富永、最上の順に自宅を巡回する。田町の最上のマンションに到着し、これからまだ、自宅まで車を運転して行かねばならないメイに、ねぎらいの言葉を探したが、言うべき言葉が見つからないうちに、あっさりと彼女が「また明日」と言った。

メイの白い横顔は、あいかわらず硬くて涼しい。

——また明日、か。

彼女の中では、明日も仕事をする前提になっているのかと思うと、微笑が上ってくる。

にやにやしながらマンションのエントランスをくぐり、自分の部屋に戻った。

玄関のドアをなにげなく開けて入ったとたん、首の後ろにちりちりと嫌な気配を感じて、後悔のあまり舌を噛みたくなった。

——自宅に帰ってもブラックホークだと。

梶に偉そうな講釈を垂れたくせに、自分自身が油断しすぎだ。

「やあ、お帰り」

狭い1DKのマンションの、食卓にのんびり腰かけているのは、マギだった。その後ろに由利が立ち、こちらを眺めている。

——ここはブラックホークが社宅にしているマンションで、当然のことながらセキュリティも厳しいのだが。

「そんなところに突っ立ってないで、こっちに来て座ればいいじゃないか。君の部屋なんだから」

この男が、神出鬼没で魔術師のように電子機器を操ることを忘れそうになるほど、ごく普通の友達のような態度だ。

最上はそろそろと食卓に近づき、マギの正面の椅子を引いて座った。嫌な記憶がよみがえる。以前、由利がこのマンションに現れた時のことだ。

「お前——また誰か殺してないだろうな」

由利が眉をはね上げる。マギが朗らかに笑った。

「まさか。そんなことしないよ。僕がいるんだから、無理に入る必要はないんだ。ちゃんとノックして、丁寧にお願いして入れてもらったよ」

——嘘をつけ。

気分が落ち着かないが、それを見すかされるのも業腹《ごうはら》だ。ことさら、憮然《ぶぜん》として腕組みし、マギと由利をかわるがわる見つめる。マギが、面白そうにこちらを見た。

「フラッシュの昔馴染だと言うからさ。他のブラックホークがいないところで会ってみようと思って」

「スカウトなら間に合ってるぞ」

「ホント面白いよね、きみ」

クーガと、こんなふうに自宅の中で相対するとは夢にも思わなかったが、上野恩賜公園では、由利たちに助けられたことも思い出す。

「——さっきは助かった。速水長官の狙撃を止めてくれて」

由利は無表情に肩をすくめただけだ。

「正直、〈ケルベロス〉を物理的に壊すほうが、僕たちとしては簡単で良かったんだけど」

マギが気楽な態度で続ける。

「それをやると、〈旭光〉が〈ケルベロス〉を使って悪さをしているという、証拠が消えてしまう。だから、長官と君たちに任せることにしたんだ。狙い通りだったが、あとは長官たちが、きっちり〈旭光〉を退治してくれるんだろうね？」

「そのはずだ」

最上は短く答えた。相手はクーガだ。言質《げんち》を取られたり、こちらの手の内を見せたりするつもりはない。マギはくすくす笑っている。

「フラッシュが、君を気にかける理由もわかるなあ。ほんとに、クーガに来ないの？　今回のことで少しは身に染みたと思うけど、正義なんてどうにでも転ぶものだよ。ブラックホークが守っている連中が、正義とも限らないし。正しいと信じていることが、いつまでも正しいとは限らないしね」

――そんなことは知っている。

最上はむすっと椅子の背にもたれた。

考えようによっては、正義ほど脆《もろ》いものはない。時代とともに移りかわるし、正義を妄信するのは危険だ。正しいと信じた時、人間はそれがどんなに醜い行為であろうとも、突き進んでしまう。

「俺は正義なんか信じない。俺が信じるのは、ブラックホークだ」

自分は、ブラックホークになっていく。

彼らはその目標をくれ、自分に人生を与えてくれた。

「──だから言っただろう、マギ」

由利が太い腕を組み、ぶっきらぼうに言い放つ。

「最上は来ない」

「うん、僕にもわかったよ」

マギが微笑し、立ち上がった。

「僕もクーガを信じている。僕らはテロで、新しい世界を切り開くんだ。つまり僕らの道は、交わらないんだね」

わざわざここまで押し入ったわりに、彼らはあっさり引き下がろうとしている。

「そちらの課長に伝えてよ。クーガとブラックホークの休戦は終了だ」

返事の代わりに、最上は唇を引き結んだ。元の関係に戻るだけだ。だが、それだけなのにひどく惜しい気もする。

マギという青年には、どこか得体のしれない、奥の深い印象がある。何か大きなことを考えて、実行しようとしている。そこに、由利も心引かれたのだろうか。

「ではな。次に会う時はまた、敵同士だが」

去り際に、由利が囁いた。最上は鼻の上に皺を寄せる。

「お前と味方だったことなんか、一度もねえよ。ずっと、ライバルだったろ」

由利の唇に微笑が浮かんだ。

「──そうだった」

マギと由利は、エレベーターに乗り込んでこちらを見た。マギが気楽に片手を挙げて、

「じゃあね」と振って見せる。あの男は、ニードルにも負けず劣らず、おかしな奴だ。

最上は、ドアが閉まって彼らの姿が消えるまで、じっと見送っていた。いまブラックホークに通報して応援を頼めば、ひょっとすると彼らを捕らえることもできるかもしれない。

だが、そうするつもりはない。

──長い戦いを終え、今日はもう、シャワーを浴びて眠るのだ。

最上は小さく笑った。

由利ならきっと、あいつはあいかわらず甘ちゃんだと笑うことだろう。自分たちの道は、いつか再び、交わることがあるかもしれないと、ほんの少しだけ期待している。

ブラックホーク社の身辺警護サービスを設定する上で、株式会社CCTT（www.cctt.cc）の代表取締役、小山内秀友氏に多大な取材ご協力をいただきました。ここに改めて御礼申し上げます。

本書はフィクションです。

この作品は書き下ろしです。原稿枚数403枚（400字詰め）。

幻冬舎文庫

●最新刊
二千回の殺人
石持浅海

復讐の為に、汐留のショッピングモールで無差別殺人を決意した篠崎百代。最悪の生物兵器《カビ毒》を使い殺戮していく。殺される者、逃げ惑う者、パニックがパニックを呼ぶ史上最凶の殺人劇。

●最新刊
十五年目の復讐
浦賀和宏

ミステリ作家の西野冴子は、一切心当たりがないまま殺人事件の犯人として逮捕されてしまう。些細な出来事から悪意を育てた者が十五年の時を経て、冴子を逃げ場のない隘路に追い込む……。

●最新刊
800年後に会いにいく
河合莞爾

「西暦2826年にいる、あたしを助けて」。残業中の旅人のもとに、謎の少女・メイから動画メッセージが届く。旅人はメイのために〝ある方法〟を使って未来に旅立つことを決意するのだが——。

●最新刊
告知
久坂部　羊

在宅医療専門看護師のわたしは日々、終末期の患者や家に籠る患者とその家族への対応に追われる。治らないがん、安楽死、人生の終焉……リアルだが、どこか救われる6つの傑作連作医療小説。

●最新刊
殺人鬼にまつわる備忘録
小林泰三

記憶が数十分しかもたない僕は、今、殺人鬼と戦っている(らしい)。信じられるのは、昨日の自分が、今日の自分のために書いたノートだけ。記憶がもたない男は殺人鬼を捕まえられるのか——。

幻冬舎文庫

●最新刊
ヒクイドリ
警察庁図書館
古野まほろ

交番連続放火事件、発生。犯人の目処なき中、警察内の2つの非公然諜報組織が始動。元警察官僚の著者が放つ、組織の生態と権力闘争を克明に描いた警察小説にして本格ミステリの傑作！

●最新刊
ある女の証明
まさきとしか

主婦の芳美は、新宿で一柳貴和子に再会する。中学時代、憧れの男子を奪われた芳美だったが、今は不幸そうな彼女を前に自分の勝利を嚙み締めた——。二十年後、盗み見た夫の携帯に貴和子の写真が。

●最新刊
財務捜査官 岸一真
マモンの審判
宮城 啓

フリーのコンサルタント・岸一真が、知人を介して依頼された仕事は、史上稀に見る巨額マネーロンダリング事件の捜査だった——。期待の新鋭が放つ興奮の金融ミステリ。ニューヒーロー誕生！

●最新刊
ウツボカズラの甘い息
柚月裕子

鎌倉で起きた殺人事件の容疑者として逮捕された主婦の高村文絵。無実を訴えるが、鍵を握る女性は姿を消していて——。全ては文絵の虚言か、悪女の企みか？ 戦慄の犯罪小説。

●幻冬舎アウトロー文庫
激しき雪
最後の国士・野村秋介
山平重樹

新右翼のリーダーで、三島由紀夫と並び称される憂国の士の苛烈な生涯——少年期から朝日新聞社での拳銃自決までを晩年最も身近にいた作家が没後23年にして描き切った衝撃のノンフィクション。

幻冬舎文庫

●好評既刊
ツバキ文具店
小川 糸

鎌倉で小さな文具店を営みながら、手紙の代書を請け負う鳩子。友人への絶縁状、借金のお断り……。身近だからこそ伝えられない依頼者の心に寄り添ううち、亡き祖母への想いに気づいていく。

●好評既刊
キングダム
新野剛志

岸川昇は失業中。偶然再会した中学の同級生、真嶋は「武蔵野連合」のナンバー2になっていた。闇金ビジネスで荒稼ぎし、女と豪遊、暴力団にも牙を剝く……。欲望の王国に君臨する真嶋は何者か！

●好評既刊
夜明けのウエディングドレス
玉岡かおる

生い立ちも性格も体つきも対照的な女学校の同級生、佐倉玖美と沢井窓子が、社会の偏見や因習を乗り越え、それぞれの立場でこの国にブライダルビジネスを根付かせるまでの歩みを描く感動作。

●好評既刊
どうしてあんな女に私が
花房観音

一人の醜女が起こした事件が火をつけた女達の妬み、嫉み。——どうしてあんな女に私が負けるのか。その焦りが爆発する時、女達の醜い戦いが始まる。男、金、仕事……女の勝敗は何で決まる？

●好評既刊
ビューティーキャンプ
林 真理子

苛酷で熾烈。嫉妬に悶え、男に騙され、女に裏切られ。選りすぐりの美女12名から1人が選ばれるまでの運命の2週間を描く。私こそが世界一の美女になってみせる——小説ミス・ユニバース。

幻冬舎文庫

●好評既刊
あの人が同窓会に来ない理由
はらだみずき

同窓会の幹事になった宏樹は、かつての仲間たちの消息を尋ねることに。クラスの人気者、委員長、落ちこぼれ……。だが、それぞれが思い出したくない過去や知られたくない現状を抱えていた。

●好評既刊
人魚の眠る家
東野圭吾

「娘の小学校受験が終わったら離婚する」と約束していた和昌と薫子に悲報が届く。娘がプールで溺れた――。病院で〝脳死〟という残酷な現実を告げられるが……。母の愛と狂気は成就するのか。

●好評既刊
走れ！ T校バスケット部8
松崎　洋

神津島の高校に赴任した陽一は、無口な転校生・神谷に才能を感じ、観察を始める。一方、T校の教え子・加賀屋はbjリーグの合同トライアウトに参加するが――。人気青春小説シリーズ第八弾。

●好評既刊
サイレント・ブレス
看取りのカルテ
南　杏子

大学病院から在宅医療専門の訪問クリニックへ〝左遷〟された水戸倫子。彼女は、死を待つ患者たちの最期の日々とその別れに秘められた切ない謎を通して、医師として成長していく。感涙長篇。

●好評既刊
啼かない鳥は空に溺れる
唯川　恵

愛人の援助を受けて暮らす千遥は、幼い頃から母の精神的虐待に痛めつけられてきた。早くに父を亡くした亜沙子は、母と助け合って暮らしてきた。二組の母娘の歪んだ関係は、結婚を機に暴走する。

サムデイ
警《けい》視《し》庁《ちょう》公《こう》安《あん》第《だい》五《ご》課《か》

福田《ふくだ》和代《かずよ》

平成30年10月10日　初版発行

発行人——石原正康
編集人——袖山満一子
発行所——株式会社幻冬舎
〒151-0051東京都渋谷区千駄ヶ谷4-9-7
電話　03(5411)6222(営業)
　　　03(5411)6211(編集)
　　振替00120-8-767643
印刷・製本—中央精版印刷株式会社
装丁者——高橋雅之

幻冬舎文庫

ISBN978-4-344-42798-3　C0193　ふ-26-3